5分後に恋がはじまる feat.似鳥鶏

JN223357

Hand picked 5 minute short,
Literary gems to move and inspire you

河出書房新社

プロローグ

高度に文明化された惑星《わくせい》たちの共同体が管理する小惑星「管理番号302BB－5A」。星間標準語での通称《つうしょう》を「致命的《ちめいてき》な黒点」。ここには銀河民であれば誰《だれ》でも知っている重要施設《しせつ》が存在する。惑星共同体全体の「安全保障」と「種管理」を担《にな》う「危険生物種処分局」の最高会議室である。この部署は星間標準時にして約３０００周期前に設立されてより現在まで、ある重要な仕事を一手に引き受けていた。惑星共同体が有害だと認定した「危険生物種」を「凍結《とうけつ》」する仕事である。

生命の多様性と選択肢《せんたくし》の多彩《たさい》さを絶対の価値と考えている惑星共同体から見ても、やむを得ず「凍結」せねばならない生物種はあった。他惑星、他生命体への加害性が極《きわ》めて強く、このまま繁栄《はんえい》を続けるといずれ惑星共同体全体の脅威《きょうい》になるであろうことが予想される種。具体的には、現在利用されている16種類の計算法のすべてにおいて101^{b8}パターン以上のシミュレーションをしたにもかかわらず、どの場合でも複数の並行宇宙において将来、他惑星に顕著《けんちょ》な害をもたらすおそれが高い――という判定が出た種だけが指定される「危険生物種」。それを増殖前《ぞうしょくまえ》に、できる限り早い段階で「凍結」する。「凍結」と言ってはいるが、「惑星上の全データを採取した後、多元並行消滅弾《しょうめつだん》で星ごと（別の並行宇宙に存在するその惑星も含《ふく》めてすべて）消滅させ、その後、採取していたデータをもとに、対象の惑星を、危険生物種のみを隔離《かくり》した状態で復元する」のだから、実態は「抹殺《まっさつ》」であった。

当然、惑星共同体の内部でもこの「凍結」処分に反対する声はあった。「危険生物種」の認定がされるのは大部分が太陽系外未進出でまだ文明化していない惑星の人類であり、音声その他による意思疎通《そつう》が可能なことも原因の一つである。たとえ将来の有害性が確定している危険な種であっても、意思疎通が可能な同じ「人類」を抹殺してよいのか。データから導かれる客観的妥当性《だとうせい》ではなく、生物としての直感的な違和感《いわかん》から「凍結」に反対する者は多かった。

したがって今回の決定もまた、激しい批判の対象になっていた。

新たな「凍結」対象が決定されたのである。監視《かんし》対象惑星9096A2。現地語での呼称は「地球」。「危険生物種」に認定されたのは、そこに生息する個体数約82億の人類。現地語での呼称は「ホモ・サピエンス」。

この種の有害性はすでに明らかだった。自分の惑星そのものを何度も荒廃《こうはい》させ得るほど大量に原始的な核兵器《かくへいき》を保有し、無数の生物・化学兵器を保有し、自然絶滅の2500倍以上の速度で他種を絶滅せしめ、今なお自惑星の環境《かんきょう》を急変させ続けている。何より思考性向が劣悪《れつあく》だった。集団内における弱者を皆《みな》で寄ってたかって攻撃《こうげき》する行為《こうい》に快感を覚える。同種内で根拠《こんきょ》なく線引きをし、立場の弱い側を攻撃する。大局的な思考ができず、その時点の権力者に迎合《げいごう》して支配を手伝い、結果として自らも搾取《さくしゅ》される状況を作ってしまう。扇動《せんどう》と洗脳にすぐ身を任せ、論理的思考を容易に放棄《ほうき》する。それら「悪」の自覚から逃《に》げ、陰謀論《いんぼうろん》を用いて論理的根拠のない自己弁護をする。一時の衝動《しょうどう》で自己破壊を決定する。現に「地球」の暦法《れきほう》に換《かん》算《さん》すると約60年前、すでに地球人は一度、自滅《じめつ》の危機を招いており、この時は処分局が極秘裏《ごくひり》に地球のネットワークに介入《かいにゅう》したことにより絶滅が回避《かいひ》されていた。地球人に対してはその後も、複数の並行宇宙において継続的《けいぞくてき》な監視とデータ収集が続けられていたが、これほどに有害性の高い「人類」は星間史全体においてもそう例がなく、最高会議においても最速に近いスピードで「凍結」が決定された。

そして現在、地球に対して使用する予定の多元並行消滅弾が発射準備を完了《かんりょう》し、「凍結」の執行《しっこう》時刻を待っている。予定通り発射されれば、地球は並行宇宙に存在する別の地球たちもろとも消滅し、「ホモ・サピエンス」を隔離した状態で復元される。

だが。

執務室《しつむしつ》前面の巨大《きょだい》モニターに地球の全景を視覚表示したまま、危険生物種処分局最高会議議長ニェ§・エズルは思案していた。この地球人とやら、本当に凍結してしまってよいのだろうか？

リラックスした姿勢でモニターを見ていたニェ§の背後に部下が現れ、ニェ§の様子を見て怪訝《けげん》そうに尋《たず》ねた。

「地球ですか」

わざわざモニターに視覚表示してそれを肉眼で眺《なが》めていることからして、ニェ§が何か感覚的な思索《しさく》をしているのだろうということは、部下にも容易に察せられた。それゆえ通信でなく聴覚《ちょうかく》音声で尋ねたのだが、しかし普段《ふだん》のニェ§は、凍結決定から執行までにこのような振《ふ》る舞《ま》いはしない。

「……この『地球』に対し、何か特別な感覚があるのですか？」

「はい」ニェ§は答えた。「……『地球』。面白い単語だと思いませんか。自惑星を指す単語に、こういうイメージを用いる人類は少ない」

「確かに少ないですが」部下はなお尋ねた。「それだけでは、さして特別とは言えません」

「その通り」

ニェ§が眺めるモニターの地球は青く輝《かがや》きつつ、左三分の一ほどが夜の領域に入ろうとしている。「……ですが、どうもこの『地球人』の感情の動きには、興味深いものがある気がするのです」

部下は同意していないようだった。会議に提出されたこの人類の行動資料の中には、そのあまりの醜悪《しゅうあく》さ、愚劣《ぐれつ》さゆえ、確認した議員が体調を悪化させるものすら存在したのだ。

「確かに地球人は行動・思考共に、極めて危険性が大きい」ニェ§もそれは知っていた。「ですがどうも、地球人にはある場面において、極めて特異的な行動・思考の揺《ゆ》らぎを見せることがあるようです」

「『ある場面』ですか」

「地球語で『恋愛《れんあい》』と表現される場面において、です」この語彙《ごい》で間違《まちが》いないはずだ、とニェ§は確認する。「論理的なようでそうでもなく、支離滅裂《しりめつれつ》に見えてそれも違う。ところどころに合理と非合理が共存する、奥深《おくぶか》くて興味深い行動と思考を見せるのです。こういう種は珍《めずら》しい」

「……そんな記録がありましたか」

「行動記録としては個人的すぎて、チェック対象にならなかったのでしょう」

ニェ§は情報共有を提案し、部下はそれを承諾《しようだく》した。送られてきた情報をざっと確認した部下が驚《おどろ》く。「これは……」

「主として『恋愛』において、地球人が特に興味深い行動を示した記録です。短いものが10編。いくつかの並行宇宙を検索《けんさく》し、私が収集しました」

最高会議の構成員が自らそのような行動をとることは珍しい。だがニェ§は、収集された10のエピソードに何らかの価値を感じている様子だった。

「言い換《か》えれば、地球人の興味深さを表現する10編です。私はこれから会議を臨時招集し、そこでこれを提出するつもりです」

ニェ§は言った。

「……場合によっては、凍結の決定が保留されるかもしれませんよ」

目次

Contents

［カバーイラスト］BALCOLONY.

ヒミツの交換ノート

イノウエ佐久＊

伊月くんが入院した

六月の梅雨《つゆ》の晴れ間。

湿気《しっけ》と熱気で蒸したホームルーム前の騒《さわ》がしい教室。担任が来ると同時に椅子《いす》取りゲームの様《よう》に慌《あわ》ただしくなり（と言ってもみんな自分の席に着いただけだが）、日直が何事もなかったかのようにすまして「起立」と号令をかける。

おはようございます。

不揃《ふぞろ》いの挨拶《あいさつ》が済むと、無精髭《ぶしょうひげ》の担任は簡単に連絡事項《れんらくじこう》を伝えた。

「あー、それから。伊月《いつき》が昨日から骨折で入院してる」

その言葉に教室がどよめいた。

立川奏《たちかわかなで》も、目の前の空席を見つめた。その主こそ、只今《ただいま》発表のあった伊月陽《よう》だ。

伊月はクラスのムードメーカー。笑いの輪の中心にはいつも彼がいた。中学三年生になるまでは一番背が低かったが、毎日飲んでいる牛乳のお陰《かげ》か両親の遺伝子のお陰で今ではクラスの男子の真ん中ほどに位置している。

背の低い奏だが、伊月の背中で黒板が見えないと心配する必要はない。彼《かれ》はいつも俯《ふ》して眠《ねむ》っているからだ。前方の見通しはかなり良好だった。

担任の話によると、伊月は足を骨折したらしい。退院まで一ヶ月。男子は特に彼が来ないことに不満を表した。話は骨折の原因の推測へと流れる。


ルパンの真似して屋根から屋根飛び移ってて落ちたんじゃね？

重量挙げ選手の真似してバーベル落とした瞬間《しゅんかん》足に当たったんだよ。

いや、猫《ねこ》に足踏《ふ》まれたのかも。


滅茶苦茶《めちゃくちゃ》なことで笑われる。

伊月はそういうタイプの少年だった。

騒ぎ立つ男子たちを「うるさいぞ」と担任の野太い一声が諫《いさ》めた。

「それでな、誰かノート取ってやってほしいんだけど」

彼は教室をぐるりと見回し、奏の所で視線が止まる。

「あ、立川。お前にお願いするわ」

「えっ」

奏は驚《おどろ》いて思わず声を上げた。クラス中の視線が一気に集まって、身をすくめて小さくなった。

「立川のノートきれいだから」

そう言われると断れない。まあ、どう言われても彼女《かのじょ》の性格上断れなかった。伊月と対角線上にいるような性格の奏。ひっそりと隅《すみ》っこで生きていたいタイプだ。名指しで指名され石のようになってしまった彼女を、担任は気にかけるようすもない。

「一日のノート、書き終わったら職員室に持ってきてくれ。じゃあ、ホームルームはここまで」

同時に鳴るチャイム。自分に集中していた目が離《はな》れ、湿気をまとった空気が騒《ざわ》めきと共に攪拌《かくはん》される。奏は重たい息をこぼした。


翌日の朝、担任からノートを返された。

話によると、伊月が入院している病院は無精髭《たんにん》の家の裏にあるらしい。もらったその日のうちにノートを書き写させ、両親が翌朝までに彼のうちのポストに入れておいてくれるそうなのだ。

「コピー渡《わた》せばいいんだけどな。そうやるとアイツ絶対勉強しないから」

無精髭はそう言って盛大に笑った。

入院中も勉強を怠《おこた》ることなかれ。

受験生はツラいよ。

一時間目の数学の授業が始まり奏はノートを開く。すると、そこには男子の字で落書きしてあった。


俺《おれ》が骨折した理由は……

ブレイクダンスを練習していて、机に足をぶつけて、棚《たな》の上の重たいトランクが落ちてきたからです！


そして矢印が次のページに引っ張られている。操《あや》られるかのようにページをめくると、そこには伊月の似顔絵（某《ぼう》人気アニメのケン〇ロウ風）が。

嘘《うそ》です

吹《ふ》き出しにそう書かれていた。

奏は目を丸くした。次の瞬間思わず噴《ふ》き出しそうになり、必死に堪《こら》える。数学の先生は怖《こわ》いのだ。笑ったらクラス全員の前で金切り声で怒《おこ》られる。

伊月の落書きが目に入らないように腕《うで》で隠《かく》しながらなんとか授業を受けるも、集中できない。時々チラチラと腕の隙間《すきま》から出てくる「嘘です」に口元を緩《ゆる》ませながら、奏は試練を乗り越《こ》えた。

もしかして他のノートにも書いてあるのかしら。

昨日貸したノートは四冊。数学、英語、国語、社会。あとは体育と美術だったのでノートは特になかった。貸した英語ノートのページを開くと、やはりあった。

英文の横に変な外国人の絵。吹き出しには「pardon?」。

奏は慌ててノートを閉じ、それを抱《かか》えてトイレに駆《か》け込《こ》んだ。このノートは危険すぎる。絶対に笑う。

トイレの個室の中から聞こえてくる笑い声。用を足しにきた女子生徒たちが恐怖《きょうふ》に青ざめたことを奏は知らない。

恋の始まり

こんなにも「早く学校行きたい」などということが果たしてあっただろうか。新緑が濃《こ》い色に変わり、強くなってきた日差しを遮《さえぎ》る通学路。ご機嫌《きげん》で歩く足は次第に力強く、早足になっていた。

昨日奏は、落書きのひとつひとつの端《はし》に一言ずつコメントを書いておいた。そして骨折の理由の所には「本当はどうして?」と質問を書いた。数学は昨日もあったので、伊月にノートを渡すことができた。

他の授業のノートも普段《ふだん》より丁寧《ていねい》に取り、見やすく要点にマーカーで色を付けた。誰《だれ》かに見せるとなると真剣味《しんけんみ》が増した。

ホームルームが終わって担任からノートを受け取る。一時間目は理科。まだ少し時間がある。奏は数学のノートだけ持ってトイレに行った。

ワクワクしながらページを開くと、寝転《ねころ》んだ猫(不細工)のイラスト。吹き出しには「俺が踏んでやったんだよ。踏まれたお返しにな」と書かれていた。そしておでこのような矢印。

次のページには探偵《たんてい》ものアニメの主人公の絵。これは結構上手に描《か》けている。セリフは「真実は多分ひとつ」。

その日は数学がなかったので、この件に関しては保留だ。

他のノートにはやはりたくさんの笑いの罠《わな》が仕掛《しか》けられていた。

奏の生活に明るい色が差す。仲の良かったヨッちゃんは引《ひ》っ越《こ》し、みよりんもクラスが分かれてしまった。新学期に風邪《かぜ》をひいて休んでいる間にグループが出来上がり、どこにも入れないで二ヶ月経《た》っていたのだ。

それから奏と伊月はまるで交換《こうかん》ノートをするかのように、文字でたくさん会話をした。


ノート分かりやすい！

なんか最近、勉強が楽しくなってきた。立川さんのおかげかも。

俺、確実に成績上がってる！


そんなコメントが嬉《うれ》しかった。

ある時など、奏は数学の練習問題をほぼ間違《まちが》えた。恥《は》ずかしかったが、ノートを渡さざるを得ない。それが翌日に返ってきた時には、伊月から赤で「ここじゃね？」と途中の計算式の間違いに印が付けてあった。

どこで引っ掛《か》かっているのか一目瞭然《りょうぜん》だった。

――ありがとう。いっぱい間違えちゃって恥ずかしい。

――ダイジョブ、ダイジョブ！　おかげで俺も解き方がよく分かったからグッジョブ！　褒《ほ》めてつかわそう！


返事を見るといつも顔がにやけた。同時に胸の奥《おく》がキュッと絞《しぼ》られるよう。

毎週末何人かが見舞《みま》いに行っていたが、奏は行かなかった。すると週明けのノートに「立川さんが見舞いに来てくれない。ブー」と涙《なみだ》するブタの絵が。

伊月の志望校は奏の成績では少し努力がいるところだ、と知った。

奏は進路相談の時に、担任にその高校を目指していることを伝えた。彼に伝えるのは恥ずかしくて、ノートには第二志望の女子高の名前を書いた。

本当のこと

伊月の志望校はバスケの強豪校《きょうごうこう》として毎年インターハイに出場している。実は伊月が所属するバスケ部も、今年は中体連の全国大会に出場できるのではないかと言われる「最強メンバー」が揃っていた。彼自身は背番号に4番《キャプテンナンバー》を付けて活躍《かつやく》していた。

今チームメイトは来月から始まる地区予選に向けての練習で汗《あせ》を流している。

ノートを貸すようになって三週間。来週伊月は退院する。奏は少し寂《さび》しくありながらも、太陽のような彼が夏を連れて帰ってくるのを楽しみにしていた。

その日のノートを受け取り、一時間目が始まる前に少しだけ、と国語のノートを開く。

すると今までになかった長文が、一ページにわたって書かれていた。

不思議に思い、他のノートも開いてみると、珍《めずら》しく何も落書きがされていない。

「……？」

再び国語のノートを開こうとするとチャイムが鳴ってしまった。

その日に限って、移動教室などでなかなか時間が取れない中、昼休みにようやく奏は伊月の書いた手紙を読むことができた。


立川さん、いつもノートありがと！

もうすぐ退院するけど、頭の良くなった俺とも仲良くしてね。今日はちょっと悩《なや》みを書かせてもらってもいいかな。

実は、俺バスケ部のキャプテンなんだけど、もうすぐ中学最後の夏の予選が始まるんだ。そこに復帰できるかすげえ心配。

ていうか、俺、誰かに階段で後ろから押《お》されたんだ。誰か分かんないけど。それで落ちて骨折した。

チームメイト疑うなんてサイテーだけど、つい考えちゃうんだ。あいつかな……とか。キャプテン失格だよ。

明日からリハビリ。医者は、将来的にはバスケできるけど、今回は諦《あきら》めて焦《あせ》らずに治しましょうって言ってる。

間に合わせたいけど、そしたらまたやられるのかなって怖い。

ごめんな、こんなこと書かれても困るよな。

シカトしていいから。

あ、これ、二人だけの秘密ね。誰にも言わないで。

じゃあ、明日もノートよろしく！

どうしていいのか、奏には全く分からなかった。励《はげ》ましの言葉も思いつかない。

ノートを人に見られないように閉じ、呆然《ぼうぜん》と空《くう》を見つめる。

「医者の言うことを聞いて焦らず」？
「頑張《がんば》ってリハビリして間に合わせよう」？
「きっと犯人はチームメイトじゃないよ」？

どの言葉も違《ちが》う気がする。第一、何も分かっていない自分がしたり顔でアドバイスするのも滑稽《こっけい》だった。今まで明るい彼がそんな悩みを持っていたことさえ知らなかったのに。

昼休み中考えたけれど、答えは出なかった。

自分の問題解決能力の低さが歯がゆくて涙が出そうになった。内緒話《ないしょばなし》なので、先生に相談するわけにもいかない。

幸い六時間目が急遽《きゅうきょ》自習になり、奏は頭を悩ませた末、ヘタクソなイラストを描いた。

シュートを放つ伊月の絵。

そして後ろから「ガンバレ！」と声をかける自分の絵。

あまりに下手な絵だったので、イラストの下にそれぞれの名前を書いた。

勇気

その日は眠れなかった。久し振《ぶ》りに明日は学校に行きたくないと思った。伊月の反応が怖かったのだ。

がっかりされたらどうしようと思うだけで、枕《まくら》に涙が滲《にじ》んだ。

翌日、いつも通りノートが返される。四冊のノートが五キロのダンベルのように重く感じた。のろのろと席に着き、ノートの束を机の上にのせて対峙《たいじ》する。

遅《おそ》かれ早かれ、どうせ見るのだ。

奏は覚悟《かくご》を決め、例の手紙が書かれたノートを開いた。

「……え？」

奏が絵を描いた一ページは破り取られている。

慌てて他のノートを見ると、何事もなかったかのように落書きされていた。

「なんだあ……」

はあ、と落胆《らくたん》したような安堵《あんど》したかのような息を吐《は》き、何気なくパラパラとページをめくる。

すると、そこにはある一言が書かれていた。

それを見た奏は、目にも留まらぬ速さでパタンとノートを閉じた。


奏、好きなヤツいる?


そう書かれていた気がする。

顔が真っ赤になり、汗が額に滲んできた。

もう一度見ようとした時、チャイムが鳴った。数学担当の教師が入ってくる。奏はサッと国語のノートを机の中に隠した。

開いた数学のノートには、担当教師の似顔絵。滅茶苦茶似ている。誇張《こちょう》した逆三角形の顔と大きな目とメガネ。禿《は》げが実際より進んでいた。

面白《おもしろ》いのに笑えない。それどころではない。先生の声が耳を素通《すどお》りしていく。

一体彼はいつ書いたのだろう。

しかも『立川さん』ではなく、『奏』と。

そっと隠されたメッセージ。

何度も確認したが、やはり並んでいるのは同じ文字。

その日奏は伊月のメッセージに気づかなかったフリをして、返事を書かなかった。

それから後の二日間も、奏はあの質問に答えを書けなかった。気づいてから分かったが、あのページには癖《くせ》が付いている。もしかしたら返事があるかどうか毎回伊月が確認しているのかもしれない。そう思うだけで胸が苦しく締《し》め付けられるようだった。

今日がノートを貸す最後の日。来週頭に伊月は登校する。

もうすぐ六時間目が終わる。あのノートを使う、国語の時間だった。

書くべきか、まだ気づいてないフリをするか。

書くとしたら何て？

自分の思いを打ち明けた時に、自分たちの関係がどう変わるのか。未知のことが怖かった。

周りに知られたらどうしよう。親に知れたら。付き合おうって言われたら。そもそもそんなつもりじゃなかったとしたら。

頭の中に渦《うず》が巻く。

時は止まることなく、授業終了《しゅうりょう》のチャイムが鳴った。途端《とたん》に安堵したクラスメイトたちの息遣《いきづか》い。気怠《けだる》い空気の中、奏はシャーペンを持ってあのページを開いた。

勇気を出して。

泣きそうになりながら、震《ふる》える手で質問の下に書いた。


——伊月陽くん。

伊月くんからのお返し

どんな顔をして伊月と会えばいいのか。この休日の間ずっと考えていた。

考え続けたら熱が出た。出たのはいいが、週明けにはすっかり熱が引いてしまったので休めない。

とぼとぼと頼《たよ》りない足取りで昇降口《しょうこうぐち》を上がり、ホームルームギリギリで教室に向かう。まだ遠いのに、自分のクラスから男子の盛り上がる声が聞こえてきていた。

後ろのドアから教室を覗《のぞ》き見ると、奏の席の前、つまり伊月の席の周りは男子の輪ができていた。

ぽつんと入り口に突《つ》っ立っているとチャイムが鳴って、皆蜘蛛《みなくも》の子を散らすように席に戻《もど》っていった。

伊月が後ろの席を気にして振り返った。彼の目の端に、入り口に突っ立っている奏の姿が留まった。

二人の目が合った。

お互《たが》いに口を開け、真っ赤になった。

暑かったのは今日の気温のせいだけではない。

「おーい、席につけ～」

間延びした担任の言葉にハッとして、奏は急いで席に座る。心なしか伊月の背中から彼の緊張《きんちょう》を感じた。細く筋肉の締まった、でもまだ「男性」にはなりきれていない体が、カッターシャツ越しにやけに色っぽく見えた。

ホームルームが終わった瞬間、意を決したように伊月が振り返る。いつもは先生から渡されるノートを、今日は伊月本人の手から受け取った。

「ノート、ありがとう」

「あ、うん」

ノート越しだとたくさん話したはずなのに、直接会うとなかなか言葉が出てこない。短い沈黙《ちんもく》は、息が詰《つ》まるほど長い。

「あのさ。俺……」

奏が顔を上げると、伊月は真っ赤な顔をしていた。強い瞳《ひとみ》で、真っ直ぐに見つめてくる。

「バスケ、頑張る。仲間も信じる」

決意の言葉。奏はなぜか泣きたくなった。同時に誇《ほこ》らしい気持ちが湧《わ》き上がり、じんわりと笑顔になる。伊月は、人差し指で照れ臭《くさ》そうに鼻を擦《こす》りながら笑った。

「あの絵、俺もらったから。部屋に飾《かざ》ってる」

「うそ、下手なのに」

「めちゃ嬉しかった」

白い歯を見せてはにかんだ伊月。普段から彼が笑う顔は見ているのに、それはなぜか特別な意味を含《ふく》んでいるように見えた。奏がキュンと痛んだ胸を押さえると、次に見せた顔はいつもの飄々《ひょうひょう》とした笑顔だった。

「お礼したいんだけど、何がいい?」

「いいよ、そんなの。私もお陰で勉強分かるようになったし」

「あっ、そうだな。もうすぐ期末か。俺の実力を発揮するチャンス、早速到来《とうらい》だな」

ようやく本来の調子を取り戻した彼は、力こぶを作る身振りをした。奏はほっとしながら頷《うなず》いた。

チャイムが鳴り、数学の教師がやってくる。

奏は返してもらったノートを開いた。

数学星人逆三角と書かれた、先生そっくりの怪人《かいじん》が問題を投げつけてくるイラスト。かなり本気で描かれたものだった。

「うぐ」

奏は口を押さえ、笑い声が漏《も》れないように必死に堪える。そうだった、油断していた。前に視線を向けると、まるで奏のようすを見ていたかのように伊月の肩《かた》が笑いで震えている。

奏は頬《ほお》を膨《ふく》らませてその背中を睨《にら》んだ。絶対にわざとやっている。でもそれがくすぐったくもあった。何と言っても、伊月の仕掛けた笑いの罠の標的は自分なのだ。

ふと、他のノートに何が書いてあるのか気になった。

机の中からそっと取り出すと、見たことのないキャンパスノートが挟《はさ》まれている。

不思議に思ってそれだけを手元に残し、ページをめくってみた。

「えっ⁉」

思わず大声が出てしまった。

クラスの視線が一気に奏に集まる。

しまった、と奏は口を押さえた。

「何ですか？」

数学教師の鋭《するど》い視線に真っ青になる。水を打ったかのように静まり返った教室。

「すんません」

目の前の伊月がスッと手を挙げた。

「俺のオナラです」

「…………！」

まるでクラス中が爆発したかのように笑いが噴き出した。数学教師まで笑いを堪えるべく顔を引き攣《つ》らせている。


どんな音だよ⁉

やっぱ伊月いないとダメだな！

後ろの立川さん、息できなくなってるじゃん！

男子が笑い転げた。伊月オナラ騒動《そうどう》で数学は残りの時間授業にならなかった。

休み時間の間ずっと伊月の周りには人がいて、結局その日は全然話せなかった。それでも奏はご機嫌で靴《くつ》を履《は》き替《か》え、軽い足取りで校門を出た。

鞄《かばん》の中にはあのノートが入っている。

家に着くまでに我慢《がまん》しきれず、途中の公園のブランコに座ってもう一度ページを開いた。

相合傘《あいあいがさ》の下には奏と伊月の名前。

一生懸命《いっしょうけんめい》に描いたのだろう。消し跡《あと》がたくさん付いた、可愛《かわい》い女の子の絵。奏の顔だ。その横に真面目でくどい表情の伊月のイラスト。眉毛《まゆげ》が本人の十倍くらい太い。すごい量の汗を流し、緊張しているようすだ。吹き出しには「交換ノート、続けませんか」と書かれている。

奏はニンマリと笑った。

カバンからシャーペンを取り出し、サラサラと文字を綴《つづ》る。

「続けましょう」

自ら書いた文章を小声で読み、顔を上げた。

もうすぐ夏。奏は既《すで》に強くなり始めた夕暮れの日差しを眩《まぶ》しそうに見つめ、今日は何を書こうと考えた。お返しには、きっと笑える「おまけ」が付いてくるのだろう。

田上くんは屋上少女を救いたい

もーたん

学校の屋上って聞くと何を思い浮《う》かべるだろうか。

青春のテンプレートというイメージを持つ人もいれば、単純に危険な場所だと答える人もいるだろう。

しかし俺《おれ》にとってその場所は、もはやそんな生ぬるい場所ではなくなっていた。

その理由はもちろん、今俺の目の前で起こっている出来事に起因する。

「あの……つかぬ事をお聞きしますけど……。何をされているんですか？」

目の前にいる少女に声をかける。

その少女は確かに目の前にいる。

だけど、近くにはいない。

「見て分からない？」

よく晴れたまさしく秋晴れと言わんばかりの晴天の中、彼女《かのじょ》は防災用のネットの「向こう側」でとぼけた顔をした。

可愛《かわい》らしい。それが彼女に抱《いだ》いた最初の印象だった。クリクリっとした大きな瞳《ひとみ》と、首にまで届くか届かないくらいの若干《じゃっかん》茶色がかった髪《かみ》の毛が若々しさを強調しているような、そんな見た目。うちの高校指定のブレザーがよく似合うと感じた女子もこの娘《こ》が初めてだった。

しかし、今はそんなことを考えている場合ではないということは誰《だれ》が見ても一目瞭然《りょうぜん》だった。

「日向《ひなた》ぼっこ……ってわけではなさそうですね」

「そりゃあね」

彼女の顔は冷静そのものだ。対する俺は平静を装《よそお》ってはいるものの、心の中はもちろん平静ではない。今までそんなに長く生きてきたわけではないが、浅い人生経験の中では少なくとも一番焦燥《しょうそう》を感じる瞬間《しゅんかん》だった。

「あの……とりあえずこっち戻《もど》って話しませんか？」

刺激《しげき》しないよう、なるべく優《やさ》しい声色で声をかける。

しかし、ネットの向こう側にいる彼女は取り澄《す》ましたような顔をそのままにして少しだけ考えるポーズをとった。

そして、数秒間経《た》ってから言った。

「う～ん……。また戻るのも面倒《めんどう》だからここで」

だめだ。これはダメなやつだ。

「生きてれば……いいこともありますよ？」

逆効果かとも思ったが思い切ってそう声をかけてみた。他にうまい言い方があるんじゃないかとも思ったが、何度も言うが俺の浅い人生経験の中で、そうそううまい言葉が思いつくものではない。

「ははは。そうかもね。でも、もういいんだ」

「なんでだよ」

「いきなりタメ口になったね」

「まだ君が年上か年下かわからない」

焦《あせ》りから若干早口になる俺を嘲笑《あざわら》うかのように彼女は口角をあげる。

「ははは。私知ってるよ。あなた、田上正志《たがみまさし》くんでしょ三年の。私二年A組の倉敷《くらしき》春香《はるか》。よろしくね」

後輩《こうはい》だった。しかも俺を先輩だと知ってのタメ口。最近引退するまで上下関係に厳しい部活に所属していた俺にとってはなんとも違和感《いわかん》だらけの接し方だ。

しかし何度でも言う。

今はそれどころではない。

「てなわけで。もういいかな？　飛び降りても」

「いや、よくないよ」

「そりゃまあ目の前で人が飛び降りたら夢見が悪いわよね。それじゃあ特別サービス！　今から五分間だけ待ったげる」

彼女は相変わらずの平静な表情でそう言うと「あははムスカ大佐みたいだね」とどうでもいい独り言を漏《も》らした。

そんな彼女の様子を見ながらも俺は必死に考えようとする。一つとはいえ俺よりも年下の女の子が、どうしてこうも死にたがるのか。

しかしその心境が、今まで平々凡々《ぼんぼん》と育ってきた俺にはどうしても理解ができなかった。

「なんで、死ぬんだよ……」

さっきから吹《ふ》いている強めの風に内心ビクビクしながらも、彼女にそう問いかける。

「さっき君、言ったよね。生きてればいいことあるって。でもさ、それは楽しいことなの？」

彼女は俺から目を背《そむ》けて言葉を続ける。

「私にとって、この世のいいことも悪いことも全部つまんないの。だからここで死ぬの」

最後の言葉はやけに断定的に聞こえた。まるでそれはもう決定事項《じこう》であって、お前がいくら何を言おうが自分の意思が変わらないということを強調しているかのようだった。

「頭おかしい女って思ってるでしょ？　うん、でも気にしなくてもいいよ。実際、客観的に見たらそうだと思うから」

「君のこと大切に思ってくれる人だっているだろ」

我ながらなんとも陳腐《ちんぷ》なセリフだと思う。思わず自分の頭を抱《かか》えたくなる。案の定彼女はそんな俺の言葉を聞いて相変わらずの表情で笑《え》みを浮かべる。

「いないよそんなの。親だって所詮《しょせん》は他人なんだし。結局人間、一番大切にできるのは自分自身なんだよ。だからそんなことで私を止めようと思っても無駄《むだ》だよ」

彼女とここまで話した時間は三分もないだろう。しかし、俺にとってはそれはとてつもなく長く感じる時間であった。

もはや退路は絶たれた。そんな気分になった。何度も言うが十八年ちょっとしか生きていない人生経験の中で俺がこの娘に何を語ることができるというのだろうか。

いや……。それどころか彼女の言葉に少しだけ共感してしまっている自分も確かにそこにいた。

きっと誰かが自分のことを大切に思ってくれている。俺にも確かにそう考えている時期があった。

しかしそれは幻想《げんそう》である。

人間誰しも自分が一番なのだ。自分のことを大切に思ってくれている人はもしかしたらいるかもしれない。今いなくてもこれから先現れるかもしれない。だけど、結局その「人を大切に思う気持ち」ってのは自分のための感情なのであって。

本当の意味で自分のことを大切にできるのはこの世に自分しかいない。それが現実であって。

それはごくごく当たり前のことなのだ。

しかし、その当たり前がおそらく彼女には当たり前ではないのだろう。

その現実をこの若さで理解してしまった彼女に待っていたのはおそらく絶望、もしくは虚無感《きょむかん》。

今までの彼女とのやり取りから考えるに、それはおそらく後者である可能性が高い。

出会った瞬間には全く理解できなかった彼女の心境が、この短時間で理解できてしまった。そして、それはこの現状ではあまり良いこととは言えなかった。

かける言葉が全くもって見当たらなくなってしまったのだ。


「五分経ったから、もういくね」


昼休みの終わりを告げるチャイムが鳴ったと同時に彼女は俺に背を向けた。

だめだ。そちら側に行ってはいけない。

いくら辛《つら》くても、しんどくても、死んだらそこで終わりだ。

そんな言葉が喉《のど》から出かかる。しかし、その言葉がどうしても出ない。

ふと、彼女の横顔が見えた。

その瞳には何も写していなかった。これほどまでに寂《さび》しい瞳を俺は今までの人生で見たことがなかった。

なんの面識もないさっき出会ったばかりの女に、何をそこまで感情移入するのか自分でもわからないが、俺は心底この寂しい瞳を変えてやりたいと思った。

ここでこの娘を死なせてはいけない。自分でも信じられないくらい強くそう思った。

「死んだら美味《うま》いものが食べられないぞ」

それだけに、無意識に自分の口をついて出た言葉に、彼女だけではなく俺本人も驚《おどろ》かされることになったのだった。

「……は？」

あまりのバカバカしい言葉が聞こえたからだろうか、彼女はその足をぴたりと止め、あっけらかんとした表情で俺の顔を見た。

一度出した言葉をもう一度口の中に引っ込《こ》めることなどできるわけがない。俺は言葉を続ける。

「この世には美味いものがある。それだけで生きていく価値なんて十分じゃないか？　俺も君とは割と考え方が似ているけど、それでも死のうなんて気はさらさらない。明日食えるはずだった美味いものが食えなくなるからな」

「もう五分過ぎてるんだけど」

「まあ待て！　せめてもう少しだけ生きてみないか？　俺がこの世のものとは思えない極上《ごくじょう》の美味を君に味わわせてやる」

慌《あわ》てふためきながらもそう口にした瞬間、確かに俺は見た。

先ほどまで何も写していなかった寂しげな瞳に、ほんの僅《わず》かだが映り込む俺自身の姿を。

「極上の……美味？」

彼女の顔は、明らかにその話に興味を示していた。

「そうだ。悪い話じゃないだろ？」

「そうね。悪い話じゃない。私だって人間だし美味《おい》しいものは大好きよ。でも、その極上の美味って何？」

流れ上当然の質問を彼女はさもありなんといった表情で口にした。

彼女の疑問はもっともだ。多分俺と同じく食いしん坊《ぼう》なのだろう彼女は俺の言葉に興味を示した。しかしそれはやはりその「極上の美味って何？」という問いに対しての答えを俺が持っているという見通しがあるからだ。

ここで、俺が「それは特に考えていなかった」と言えば、おそらく彼女は今度こそ躊躇《ちゅうちょ》なく飛び降りてしまうだろう。

しかしあえて言おう。

それは特に考えていなかった、と。

だが、ここで答えに窮《きゅう》するようでは話にならない。一度出した言葉には責任を持てというのは祖父の教えである。

時間にしておそらく数秒間。その間に俺は無い頭を思いっきり絞《しぼ》りながら考えた。

見た感じ彼女は中流家庭に育ったごく普通《ふつう》の女の子。正直この場合が一番難しいと言えるだろう。なぜならおそらく彼女がこれまでに味わってきた美味というのは俺とさほど変わらないだろうからだ。これが大金持ちだとかものすごく貧乏《びんぼう》とかなら考えやすいのだが、今回はその手は通用しない。

だから、ここはあえて俺の中にある極上の美味を彼女にストレートにぶつけるという選択《せんたく》をした。

「カップラーメンだ」

「あはは面白《おもしろ》い冗談《じょうだん》。それじゃあバイバイ」

口では笑っているが、目が完全に笑っていなかった。しかしそんな反応は想定の範囲内だ。

「ふん。まだまだ甘《あま》いな。君は何もわかっちゃいない」

俺はあえて挑発的《ちょうはつてき》な口調でそう述べた。

「……何が?」

案の定というか、狙《ねら》い通りというか、彼女は少しだけムッとした表情を見せた。

食いしん坊で世の中に対してちょっとだけ虚無感みたいなものにとらわれている。

そして挑発に乗せられやすい。話せば話すほどに俺と似ているなホント。正直気味が悪いほど。

「カップラーメンそのものが本当に極上の美味なわけがないだろう」

その言葉に、彼女は怪訝《けげん》そうな表情でさらに眉間《みけん》にしわを寄せた。

俺はあえてそんな反応を無視するように息を吸った。

そして、まくし立てた。

「なんの変哲《へんてつ》も無いカップラーメンが極上の美味になるには一定の条件が必要だ。まずは疲労感《ひろうかん》を伴《ともな》った空腹! 部活で思いっきり体を動かした後とか補習で思いっきり頭を使った後など。まあ、それは人それぞれだ。疲労していればしているほど極上の美味への道は開かれる」

空腹こそ最高の調味料とはよく言ったものだ。俺もよく部活終わりにチームメイトと寄り道してカップラーメンを食べたが、あの美味たるややはり運動後の空腹と疲労感があってこそだ。

「そして季節。今みたいな時期に食べるのもまあ乙《おつ》なもんだが。やはり最高の時期は冬！　できれば雪が降りしきる中がいい。寒い中で温かいものを食う。これ最高！」

手がかじかむほどのキンキンに凍《い》てついた場所で、カップラーメンの蓋《ふた》を開ける。立ち込める化学調味料が織りなす香りのハーモニーにもはやこの瞬間のために生きているのではないかと錯覚《さっかく》してしまうほどだ。

そして、その一口目たるや。もはや殺人的美味さといっても過言ではないだろう。俺的には三分経つ少し前に蓋を開けて少し硬《かた》めの麵《めん》を豪快《ごうかい》にすするのが最高である。

「そしてロケーションも大切だ。屋内で食うなんて芸のないことは許されない。最高のシチュエーションはやはりコンビニだ。コンビニの駐車場《ちゅうしゃじょう》。これに限る！　理由は特にないが、なんか青春っぽい！　一緒《いっしょ》に食べる人物が自分にとって密接な関係であればさらにグッドだ」

不思議なことに俺が試《ため》した他のどんな場所でも、このシチュエーションに勝《まさ》ることはなかった。これは高校生だからこそ許される特権であるとも言えよう。コンビニの前でたむろしながら買い食いをする。この状況《じょうきょう》をおかずにご飯三杯《さんばい》はいける気がする。

「……」

彼女はあっけにとられたようなそんな表情をして俺の高説をただただ開口して聞いていた。それが俺の話に感動してのことなのか、ただただ呆《あき》れているだけなのかはわからなかったが。

対して俺の方はというとなぜだかわからないが妙《みょう》に充足感《じゅうそくかん》のようなものが心の中を支配していた。決してそんな心理になるような状況ではないことは十分わかっているのだが、ここまで自分の思っていることを吐《は》き出せたのは本当に久しぶりだったから。


「ぷっ……くっ……。あはははは!」

そして、数秒間の沈黙《ちんもく》の末、俺の耳に届いてきたのはそんなバカみたいな笑い声だった。

「いいね! 最高だよ君。そのバカっぷり!」

腹を抱えて笑う彼女を見て、先ほどの疑問が解決されることになった。どうやら俺は呆れられるどころか馬鹿にされていたみたいだ。

しかし、そんな自分の馬鹿さ加減に今回ばかりは感謝しなければならないと思った。

「そうだね。じゃあ死ぬのは冬まで待ってあげるよ。でも、それが極上の美味じゃなかったら今度こそおしまいね」

そう言って彼女は俺の手を取った。

「ああ、のぞむところだ！」

「今度こそおしまいね」の言葉に、正直背筋が凍《こお》る思いだったが、ネット越《ご》しに引っ張り上げた彼女の軽さに改めてこう思った。

それは本当におかしな話かもしれないが。

俺はこの娘と、美味いものが食いたい、と。


――――

それから彼女は学校では俺と時間を共にすることが多くなった。特に昼休みは毎日のように顔を合わせ、屋上で彼女の作る弁当に舌鼓《したつづみ》を打った。

それはもちろん、ただのカップラーメンを極上の美味に昇華《しょうか》させる条件「密接な関係になる」をクリアするためだ。

俺はともかく彼女にとってあらぬ誤解の元となるのでやめた方が良いと言ったのだが、彼女は昼休みになると必ず三年の教室にやってきて俺を屋上へと連れ出すのだった。

「こっちは命がかかってるんだから、そんなことどうだっていいんだよ」という彼女の言葉に正直どう反応していいのかはわからなかったが、とにもかくにも彼女の狙い通り、俺たちは少しずつではあるが、それなりに気の置けない仲にはなっていった……と思う。


それから彼女は部活動に入った。しかも水泳部に。

中学生までやっていたということ。

もともと部員が二人しかいなく、途中《とちゅう》入部でもそれほど迷惑《めいわく》をかけないだろうということ。

それなりにエネルギーを使う部活動であるということ。

すべての条件が見事に当てはまる部活動だったので入部するのには躊躇《ためら》いは全く

なかったと彼女は言う。

「お前の行動力半端《はんぱ》ないな」と俺が漏らすと「そりゃ命かかってるんだから」と笑う彼女に対してこれまたどのように反応していいのか困るということが何度かあった。

そんな彼女とのやり取りの中で、二人して思いっきり笑えるようになったのは彼女と出会ってから一ヶ月が経ったくらいの頃《ころ》だったと思う。

「お前それだけ楽しそうに笑うんなら死ぬのやめろよ」

「それとこれとは話は別だよ〜」

毎日共に歩く駅へと続く下校の道。いたずらっぽく笑う彼女は正直「死」というイメージからは程遠いもののように思えた。

……だからこそ、いつかやってくると分かっていたその日が実際にやってきた時、俺の心象は決して芳《かんば》しいものではなかった。


―――

彼女と出会ったあの秋の日から三ヶ月と十五日。

それは、例年よりも少し早い初雪の日だった。


「ついにこの日が来たね」

「ああ」

彼女の部活が終わるのを正門で待っていた俺は、背後からかけられた彼女の言葉に振《ふ》り向かずに返事をした。

「私も部活入ったし、マーシーとも仲良くなったし。条件は完璧《かんぺき》に揃《そろ》ったね」

「そうかもしれんが、そのあだ名はなるべく早めにやめてもらえないだろうか」

「やーだ」

べっと舌を出す彼女は正直言って可愛い。本当にこんな状況じゃなかったらいつ告白して振られてもおかしくないだろう。

「それじゃあ行こう！」

俺の手を引いて意気揚々《いきようよう》と歩き出す彼女は、いつも通りの彼女だ。何度も言うがそんな様子からは死の一文字は全くと言っていいほど感じられない。どこにでもいる可愛らしい普通の女子高生だ。

……間違《まちが》いがなければ、こんなところで俺なんかと一緒にいないでかっこいい彼氏でも作って、楽しい高校生活が送れていただろうな。そう思うとどこかいたたまれない気分になってしまった。

雪がより一層強くなる。滅多《めった》に積もることはない土地だがこの様子ではひょっとしたら積もるかもしれない。

高校から最寄りのコンビニへの道すがら、水泳部の冬トレーニングの辛さを延々と語る彼女の愚痴《ぐち》を聞いていると、あっという間にその目的地に着いてしまった。

「雪……結構降ってるねぇ」

「そうだな」

「まだかなぁ」

「まだ一分も経ってねぇよ」

「うそぉ」

おどけてみせる彼女と俺は、今コンビニの駐車場の前でお湯の入ったカップラーメン片手に座《すわ》り込んでいる。幸いなのかはわからないが目の前に車は止まっていない。

彼女が手に持つカップラーメンは彼女自身が選んだものだった。最初は俺にどれを選ぶべきか尋《たず》ねてきたが「自分で選べ」と言うとあっさりと納得《なっとく》しカレー味のカップラーメンをチョイスした。ちなみに俺はしょうゆ味のノーマルタイプをチョイスした。やはりカップラーメンはこれに限る。

「マーシー。私ね」

そろそろ二分が経つという時に隣《となり》の彼女がポツリとつぶやいた。

「最後にマーシーに出会えてよかったよ」

「……まだ勝負はついてねえぞ」

「ふふ。分かってるよ」

この手の冗談は今までよく聞いてきた。

しかしどこか寂寥感《せきりょうかん》に囲まれたような笑顔で笑ってみせる彼女のこの時の言葉がどこまで冗談でどこまで本気なのか、この時ばかりは本当に分からなかった。


「そろそろ三分だな」

腕《うで》時計を見て、そう俺が言い終わるか終わらないくらいのタイミングで彼女は待ちきれないといったような様子で蓋を開けていた。

そして立ち込めるカレーの匂《にお》い。

「いいにおい……」

やはり匂いという点ではカレーは最強である。さっきまでしょうゆ味が最強と思っていた俺にカレーにしておけばよかったと後悔《こうかい》させるほどの破壊力《はかいりょく》をそれは持っているようだった。

「いただきます」

律儀《りちぎ》にも彼女は手を合わせてお辞儀《じぎ》をした。俺にはそれがまるで最後の晩餐《ばんさん》を楽しもうとしている人間に見えてしまって仕方がなかった。

不謹慎《ふきんしん》な自分の想像をかなぐり捨てるように自身の頭を振っていると、彼女は箸《はし》でラーメンを持ち上げてそれをまじまじと見つめていた。そして、ゆっくりとそれを口に近づけていく。

ちゅるると可愛らしい音を立てて、ラーメンをすする。自分のラーメンが伸《の》びてしまうということも忘れて俺は彼女が食す姿に見入ってしまっていた。

二口、三口と口にする。

スープを一口飲む。

ぷはっとこれまた可愛らしい息を彼女が漏らしたところで、俺は意を決して声をかけた。

「どうだ?」

彼女は俺とは目を合わせずにつぶやいた。

「別に? そんなに美味しいわけじゃないかな。ていうか普通」

その言葉に、俺は苦笑いを浮かべ「そうか」と答えることしかできなかった。

「でも、なんでだろ?」

さらにそうつぶやいた彼女の方に視線をやる。その先にある光景に俺は目を見張った。

彼女のその大きな瞳からとめどなく溢《あふ》れ出てきていたのは大粒《おおつぶ》の涙《なみだ》だった。

その涙は可愛らしい彼女の顔の原型をとどめないほどグシャグシャにしてしまっていた。しかし、そんな状態でも彼女はラーメンを食べるその手を止めることはなかった。

俺は彼女から視線を外し自分のカップラーメンの蓋を開けた。ずぞぞと豪快にラーメンをすする。やはり最高に美味かった。

「止まんないなぁこれ。あはは」
隣から聞こえてくる震《ふる》えた声を聞きながら、俺はひたすらにラーメンをすすり続けた。それはいつもの食べ慣れた化学調味料の味に少しだけ塩っぽさが加わったような味だった。

―――

学校の屋上って聞くと何を思い浮かべるだろうか。
青春のテンプレートというイメージを持つ人もいれば、単純に危険な場所だと答える人もいるだろう。
だけど、私にとってその場所はたくさんの思い出の詰《つ》まった場所だ。もちろん良い意味でも悪い意味でもという注釈《ちゅうしゃく》は必要になるけれど。

「おかえり」

とあるマンションの一室。帰ってきたスーツ姿のあの人に私が声をかけると、彼はニコリと笑って、

「おうただいま。どうだ、体の調子は」

そう言って私の体を案じてくれる。

「うんいい感じ。今日も元気に動いてるよ」

私がそう言うと彼はとびきりの笑顔で私に近づいてきて、お腹に手を当てた。妊《にん》娠《しん》して最初の頃はそんなことはなかったのだけど、ここ最近彼は毎日のように触《さわ》ってくるようになった。私にとってそれは、さっき不意に思い出してしまった青春の一ページと同じくらいに恥《は》ずかしい気持ちにさせることだったけど、同じくらいにそれは嬉《うれ》しいことでもあった。

そして、しばらく私のお腹を触って満足したのか、彼は立ち上がって壁《かべ》にかかっているカレンダーの日付に一つの×マークを入れる。その×マークのすぐ近くに大きく太い字で書かれた「予定日」という文字が目に入る。

「さて、飯作るか。何食べたい？」

「そんな無理しなくても……。私動けないわけじゃないからご飯くらい作れるよ？」

「あほか。早い時期ならともかく今はいつ産まれるか分からない時期なんだからお

前は無理すんなって。で、何食べたい？」

意気揚々とワイシャツの袖《そで》をまくる彼に思わずきゅんときてしまったのは内緒《ないしょ》だ。

彼の質問に少しだけ頭を悩《なや》ます。正直最近はあまり食欲がないので食べたいものはないのだけど……。

と、そこで私が思い出したのがあの味だった。

「じゃあコンビニでカップラーメン食べたい！」

キッチンで調理の準備をする彼の手が止まる。

「お前な……」

呆れ半分照れ半分といった彼のその顔は、もうどうしようもないくらいに可愛いと思った。

「冗談だよ。でも……」

私は笑みを一つ浮かべ、今しがたまた動いた私の中にある元気な命にそっと手を当てた。

「いつかこの子と三人で食べようね！」

彼との思い出の味を。

私を救ってくれたあの味を。

今度私たちの前に生まれてきてくれる新しい家族と共に味わうのが私の大きな夢だ。

「ま、いつかな……」

私から顔をそらせながら彼はそうつぶやいてくれた。

そんな彼の様子を見て私がまた笑みを浮かべると、私の中の彼も嬉しそうにお腹を蹴《け》った。

夢のような日々

多田莉都

1

誰《だれ》もいない体育館、聞こえるのはバスケットボールが弾《はず》む音と僕《ぼく》のバッシュのスキール音だけだ。

ストップモーションから僕はシュートを放つ。ボールが手を離《はな》れた瞬間《しゅんかん》に入るという確信があった。きれいな弧《こ》を描《えが》いたボールはネットを揺《ゆ》らした。

「よし」

と僕が声を出すと、体育館の扉《とびら》が開く音が聞こえた。

「広瀬《ひろせ》、もう六時になるぞ。体育館閉めるぞ」

体育担当の藤田《ふじた》先生だった。

僕は「わかりました」と返事をして、時計を見る。もう五時五十分だった。ボールを倉庫にしまい、入れ替《か》わりでモップを持ち出し、フロアにモップを掛《か》ける。

他の部員はとっくに帰ってしまったので、ここには僕しかいない。

モップ掛けを終えて、僕は藤田先生に挨拶《あいさつ》をして体育館を出た。

廊下《ろうか》の窓から見える景色は真っ暗だった。

この季節は五時を過ぎると、もう真っ暗だ。外はきっと寒いんだろうなと思いながら僕は正面玄関《げんかん》に向かった。

靴《くつ》を履《は》き替えていると、「広瀬」と名前を呼ばれた。今度は藤田先生のしゃがれた低い声ではない。空気に澄《す》むような女性の声だった。

横を向くと、そこには、サラサラとした長い髪《かみ》の女子生徒が立っていた。

「真衣先輩《まいせんぱい》」

榊《さかき》真衣先輩だった。

「また一人で練習してたの?」

「あー、はい」

「お疲《つか》れ。駅まで一緒《いっしょ》にいこーよ」

真衣先輩の笑顔《えがお》に釣《つ》られて僕も笑顔を返す。

ここ最近、僕は真衣先輩と毎日のように一緒に学校を出ている。

真衣先輩は、バスケ部のマネージャーだった。

六月に三年が引退するタイミングで、真衣先輩も引退してしまった。それから体育館で先輩を見ることはなくなったが、受験勉強で学校に遅《おそ》くまで残っている先輩とこうやって一緒に帰ることが多い。

駅へと続く細いアスファルトの道、暗く静寂《せいじゃく》に包まれたそこには誰も歩いておらず、僕と真衣先輩しか存在していない世界のようだった。

「冬ってさ、ボールが痛いよね」

真衣先輩がシュートを打つような仕草で言った。

「そうですね、でも、冬は仕方ないです。慣れてますから」

僕は自分の右手を見た。寒い季節は、指がひび割れる。慣れていると言いながらも痛いには違《ちが》いないのだけど。

「まーた、ひびだらけじゃん。血も出てるし。ちゃんとケアしなよ」

と真衣先輩が僕の右手首を摑《つか》んだ。

僕の手首を摑んだ真衣先輩の手は冷たかった。

氷なんじゃないかと思うほどに。

そう思ったことが見抜《みぬ》かれてしまったわけではないと思うが、真衣先輩はパッと僕の右手を離した。

そして何やらカバンの中を漁《あさ》り始めた。

「ハンドクリーム貸してあげるから塗《ぬ》りなよ」

と、白いチューブ状のハンドクリームを差し出してくれた。

「え」

「使いなって。ケアしないと治らないよ」

「いつものことですよ」

指がひび割れるのは冬の風物詩みたいなものだ。バスケを始めた小学生時代から僕にずっとつきまとっている。

「いつもだからって放っておくのはダメでしょ。指先の感覚だって大事なんでしょ」

それは確かだ。指先の感覚は大事だ。

僕は「はい」と頷《うなず》き、右の掌《てのひら》を差し出した。

真衣先輩は僕の掌にハンドクリームを載《の》せた。先輩の手は触《ふ》れなかったはずなのに、ひんやりとした空気が僕の掌に降りたような気がした。

「ありがとうございます」

「よろしい」

そう言ったときの真衣先輩の微笑《ほほえ》みは、なんだか夜に映《は》えるような気がした。

「受験まであとどれくらいなんでしたっけ？」

「年が明けたらすぐかな、まずは共通テスト」

「もうすぐですね」

もう十二月も半ばだ。年が明けるなんてあっというまだろう。

「広瀬だって来年は同じことしてるんだよ？」

「受験ですかー、うーん。いい大学に行ける気はしないですね。オレ、英語ダメだし」

「そんなにヤバいの？」

「英語が受験科目じゃないとこ探すしかないです」

僕が苦笑いをすると、

「英語がいらないところなんてほとんどないでしょ……」

呆《あき》れたような顔で真衣先輩が言った。

「全然、頭に入ってこないんですよ。英語は無理です」

「ちゃんと勉強すればできるよ、毎日地道に」

「無理ですよ。毎日なんて」

「バスケは毎日地道に練習できるのに？」

「う……」

痛いところを突《つ》かれた。

「英語も同じでしょ?」

僕たちが通う高校は県内でも有数の進学校だ。僕だって中学時代は学年上位だったが、この学校では今や底辺争いだ。

特に英語がひどい。他の教科と比べて偏差値《へんさち》の十の位が違うほどに。


駅の改札口を抜けると電車がちょうどやってきた。

電車に乗ると、暖かい風が凍《こご》えた身体《からだ》を温めてくれる。

「あー、癒《いや》される」

コートの袖《そで》にほとんど隠《かく》れていた両手を擦《こす》り合わせながら真衣先輩が言った。真衣先輩のいつもは白い頬《ほお》が少し赤みを帯びているのがわかった。

「それ、癖《くせ》ですよね」

そう言うと「ん?」と真衣先輩が怪訝《けげん》そうな顔で僕を見た。

「真衣先輩っていつも手をこうくっつけて擦り合わせてるなって」

僕も手を擦り合わせて真似をすると真衣先輩は苦笑《くしょう》した。

「ああ、小っちゃい頃《ころ》からの癖なんだよね。私、冷え性《しょう》でさ。すぐ手が冷たくなるんだ」

さっき手首を摑まれたとき、先輩の手が冷たかったことを思い出した。なんだかまだ摑まれた感覚が手首に残っているような気がする。

「冬の体育館で練習してたら手が凍《こお》りついちゃわない？」

「まぁ動いてる間は気にならないですね」

「私、寒いのは無理だ。体育館、寒い」

「マネージャーっていつも体育館の隅《すみ》で寒そうですよね」

去年の冬、いつも暖かそうなベンチコートを着ていた姿を僕は思い出した。

「まぁ、今となってはあれはあれで楽しかったんだけどね。いっつも広瀬は最後まで残ってたしさ。内心、早く終われよって思ってた」

「マジっすか」

真衣先輩は笑い、僕は大げさにため息をついてみせた。

中学時代からの習慣みたいなもので、僕は練習の最後にシュート練をしないとすっきりしない。真衣先輩は、そんな僕が練習をやめるまでずっと体育館の隅っこにいてくれた。

先輩がマネージャーだったのは、たった半年前のことなのに、それはもう遠い昔のことのようだった。

「こうやって部活終わりの広瀬と帰れるのも、あと少しだね」

笑顔のまま真衣先輩は言った。

その言葉に何か言おうとしたけれど、僕はうまい言葉が思いつかなかった。

そんな会話をしているうちに、電車のスピードがゆっくりと落ちていき、真衣先輩が降りる駅へと到着《とうちゃく》した。

電車を降りた真衣先輩に「それじゃ」と言おうとしたとき、真衣先輩は僕を指差した。

「バスケ頑張《がんば》るのも大事だけどさ、ちゃんと大事なことをやっておかないと後悔《こうかい》するよ」

そう言うと、真衣先輩は僕を指差した右手でマフラーを引き上げ、口元を隠した。

「じゃ」

真衣先輩が右手を小さく挙げると、電車のドアは乾《かわ》いた音を立て、ゆっくりと閉まった。ドアのガラス越《ご》しに見える真衣先輩は水面の向こうにいるようだった。僕が手を伸《の》ばしてもガラスの向こうには届かず、ただひんやりとしたガラスに手が触れるだけだった。

電車はゆっくりと動き出し、真衣先輩は消えていった。

2

卒業式の前日に、三年生が卒業式練習のために学校に来ていた。

年明けからほとんど学校に来ることのない三年生を見かけたのは、久しぶりだった。

体育館は当日の準備で椅子《いす》などが並べられているので、この日は居残りどころか通常の練習をすることもできなかった。

ホームルームが終わり、僕はカバンに最低限のノートと教科書を詰《つ》めた。

部活もないことだし、今日は帰ってから近所をランニングでもしようかな、そんなことを考えているときだった。

「広瀬」

みんなそれぞれが喋《しゃべ》っている放課後の教室で、その声は声の波を掻《か》き分けて僕の耳に届いた。

声の方向を見ると、教室の扉のそばに長い髪の女子生徒が立っていた。真衣先輩だ。

「ちょっと久しぶり」

「久しぶりですね。どうしたんですか？」

「広瀬に、これあげようと思って」

そう言って真衣先輩がカバンから取り出したのは、英語の単語帳だった。

「私は、もう受験も終わったからさ、捨てるのもなんだし広瀬にあげようと思って」

英語の苦手な僕を心配してくれたんだろうか、そんなことを考えていると、

「他の後輩でもいいんだけどさ、野村とか白石とかは同じの持ってるって言ってたしさ、広瀬は全然勉強してないんでしょ？」

真衣先輩は言った。

単に僕以外の後輩部員は同じ単語帳を持っていたってことらしい。だから僕に回ってきたということだけのようだ。いや、みんな持っているということは、勉強していないのは僕だけということか。

「……ありがとうございます」

「英語苦手だって言ってたし、それを全部やりきれば……英語はそれなりになるんじゃない？　私と同じぐらいにはなれるよ」

「真衣先輩と同じくらいなら、どこでも行けちゃいますよ」

「じゃあ、私と同じ大学においでよ。行き先はまだ未定なんでしょ？」

「無理ですよ」

真衣先輩は、東京にある難関大であるY大学に合格した。今の僕が志望校に書いたら、担任に「ふざけてるのか？」と言われてしまうだろう。偏差値が10以上離れてしまっている。

「地道にやれば、追いつけるよ。じゃ、勉強も頑張って」

そう言うと真衣先輩はカバンを肩《かた》に掛けなおし、去っていった。

僕はなんとなくその後ろ姿が見えなくなるまで扉のそばに立っていた。

＊

翌日の卒業式が終わり、卒業生たちが列を作って正面玄関前を歩いていく姿を僕は他の在校生たちとともに見ていた。

そこには真衣先輩の姿もあった。

「一緒に写真撮《と》ろう」

と言われ、先輩のスマホで一枚だけ写真を撮った。

どんな表情をしていいのかよくわからず、たぶん僕は曖昧《あいまい》に笑っていたんだと思う。

「東京に行くんですよね?」

「うん」

東京、言葉にすれば、たった二文字だけど随分《ずいぶん》遠くだなと改めて思った。

「あ、寂《さび》しかったり?」と僕は先輩に指を差された。

「いや、オレも東京の大学行きますから」

「来れるの?」

今の偏差値ではたしかに無理かもしれない。

「勉強して、偏差値上げますから。あの単語帳覚えれば、英語はなんとかなるんでしょ?」

「先は長いと思うけどね」

「ちゃんとやりますから」

何の根拠《こんきょ》もなく応えたのだが、先輩は微笑んだ。

「じゃ、地道に頑張ってみて」

「はい」

「遠くから応援《おうえん》してるよ」

「たぶん聞こえないですけど」

「それは、広瀬次第だよ」

そう言って悪戯《いたずら》っぽく笑うと、真衣先輩は右手を伸ばし、僕の左頰《ひだりほほ》に触れた。なぜかその手から逃《のが》れようとは思えず、ただ僕は立っていた。

何か言われるのかと思ったが、先輩はただ僕を見ていた。

相変わらず冷たい掌だった。その冷たさが僕の頰に伝わる。でも、先輩の大きな瞳《ひとみ》が僕に何を伝えようとしているのかはわからなかった。

「そう……、広瀬次第なんだよ」

真衣先輩が口を開いたときに告げたその言葉の意味を僕は理解できなかった。

それ以上は何も言ってくれず、ゆっくりと手を離すと、「またね」と言って春風の吹《ふ》く方向へと真衣先輩は消えていった。

真衣先輩に何か声をかけたいような気がしたけれど、僕は何を言えばいいのかわからなかった。

しばらく僕が立ち尽《つ》くしていると、

「今日も片付けで体育館使えないってさ」

という声で僕は我に返った。同じバスケ部の野村だった。いつのまにか隣《となり》にいたらしい。「あ、そう」と僕は曖昧に返した。

「どうした？　元気ないじゃん」

「別に」

「そっか。じゃあさ、たまには広瀬も一緒に遊びにいかね？　みんなでカラオケ行くんだけど」

「……たまには、それもいいな」

なんとなく叫《さけ》びたいような気がしていたので、僕は珍《めずら》しく放課後に友人たちとカラオケに明け暮れた。

中学時代に流行《はや》ったロックバンドの曲をシャウトしすぎて、翌日の朝は声が掠《かす》れていた。

＊

卒業式の翌日から体育館を使うことができるようになった。

三日ぶりの部活に向かうべく廊下を歩いていると、ふと三年の教室へと続く曲がり角に差し掛かった。そこで曲がらずにまっすぐに行けば体育館へ続くのだが、僕は左に曲がった。

誰も登校していない三年の教室が並ぶ廊下は妙《みょう》に静かだった。上履きが床《ゆか》に擦れる音だけが響《ひび》く。

真衣先輩のいた三年一組の前で僕は立ち止まり、教室の扉をそっと開いた。扉がレールを転がる音が空気を伝わる。

薄暗《うすぐら》い教室には誰もいなくて、暖房《だんぼう》も入っていないので空気は冷たかった。時間を止めてしまったかのような空間で、僕は改めて真衣先輩はいないのだと気づいた。

卒業式が終わってしまえば、三年生はもう学校に来ない。

そんなことは言われなくても知っていることだった。

僕は真衣先輩との日々はまだ続くのだろうと思っていた。

ただ一緒に帰りながら話す、それだけでも夢のような日々だった。終わりなんて来ることはないと思っていた。

けれど、真衣先輩はもうここにいない。

ふと、右の人差し指に痛みが走った。

閉じかけていたひび割れが開いてしまい、少しだけだが血が出ていた。もし真衣先輩がいたら——、そんなことを思うとなぜだか息をすることが苦しくなってきた。

僕は気づいた。もう終わったのだと。

当たり前のように思っていた夢のような日々は終わったのだと。

誰もいない教室で僕は一人、嗚咽《おえつ》を漏《も》らした。涙《なみだ》は止まることを知らず、僕はしばらくの間、立ち尽くした。

夢のような日々が終わり、僕はやっと気がついた。

僕は、真衣先輩が好きだった。

3

三年になった僕は、相変わらず部活中心の日々だった。

最後の大会は、創部以来最高記録となる県大会準決勝まで勝ち進んだものの、残念ながらそこで力尽きてしまった。

部活を引退し、いよいよ受験モードになるわけだが、苦手な英語に立ち向かうことはできず、なかなか成績は向上することはなかった。第一志望としてY大学と書いてはみたけれど、E判定が覆《くつがえ》ることはなかった。

真衣先輩がいなくなった当初こそやる気はあったが、三ヶ月が過ぎる頃には英語に立ち向かうことは億劫《おっくう》なことになっていた。

低迷する成績を見かねた母に、塾《じゅく》の夏期講習に入れられ、不本意な夏を過ごすことになった。

しかし、そんな簡単に成績が上がるはずもなく、塾内で実施《じっし》された模試でも僕の英語の成績は散々だった。

「英語三十七点って。これでY大は厳しくないか?」

空調の効いた塾の休憩室《きゆうけいしつ》で、野村が言った。

野村は同じ部活、そして同じ塾に通っている。試合中はあんなにも頼《たよ》ってくれたのに、塾の中では、僕は紙切れ一枚の結果で酷評《こくひよう》される。ストレートな物言いの野村を僕は嫌《きら》いではない。

嘲笑《あざわら》う野村の隣には、野村の彼女である清原もいた。二人とも同じクラスなので、塾でも僕と話すことが多い。

「英語の何ができないの?」

清原の問いに、僕は「全部」と応えた。

「長文は読めないし、穴埋《あなう》め、並び替えも全然わかる問題がない。何が書いてあるのかわからない」

「だいぶ初歩の段階だな」

「初歩だね」

野村と清原が同じようなことを言った。塾にカップルで来るのもどうなんだとは思うが、そこは敢《あ》えて触れない。

「とりあえずはさ、単語とか熟語をいっぱい覚えるしかないんじゃない? そのべースがないのに長文読解とか穴埋め、並び替えは無理でしょ」

「単語とか熟語ねぇ……」

「こういうのを毎日読むとか」

と野村が見せてくれたのは、どこかで見たような単語帳だった。いや、どこかでというようなものではなく、それは真衣先輩がくれた単語帳と同じものだった。

「あー、それ持ってる」

「持ってるだけじゃあな」

「持ってるだけじゃね」

「二人して同じようなこと言うな」

笑う二人を横目に、僕はあの単語帳をどこに置いたんだっけと記憶《きおく》を探《さぐ》った。どこに置いたのかわからないほどにあの単語帳にはしばらく触れてもいなかった。

貰《もら》った当初に数ページだけ読んだっきりだった。

夏期講習が終わり、家に戻《もど》るともう夕方だった。

単語帳の在処《ありか》が気になった僕は、部屋の本棚《ほんだな》にしまったままであろうそれを探した。

程《ほど》なくして単語帳は見つかり、僕は本棚から取り出した。

「これをやってみるしかないかなー」

独り言を呟《つぶや》きながら、僕は単語帳を開いた。付箋《ふせん》が最初の数ページだけに付いている。これは僕が貼《は》ったものだ。

僕は、この単語帳を全く開いたことがなかったわけではなく、最初の数ページ程度はやってみた。

しかし、真ん中にも差し掛からないうちに怠《なま》けてしまったので付箋は最初のうちにしか付いていない。

付箋の付いていないページ、つまりは僕が読んでいないページには真衣先輩が使っていたときに引かれた蛍光《けいこう》ペンのラインやメモなどが書かれていた。

真衣先輩はしっかり勉強していたんだな、そんなことを思っているとページを押《お》さえていた親指が滑《すべ》り、一気にページが進んでしまった。

最後の数ページまで進んでしまったそのとき、何かが目に入ったような気がした。

白いページ背景、青色の見出し、黒と赤の文字、そのどれでもない色なので違和《いわ》感《かん》があった。今のは、なんだ?

何かピンク色の付箋のような――。

もう一度、巻末の数ページをめくりなおす。

単語帳の巻末にある索引《さくいん》の前のページ、そこには最後の単語が書かれていた。そのページにピンク色の付箋が挟《はさ》まっていた。

どこにでもあるような付箋だが、こんなページとページの間に挟み込《こ》んでいては付箋の意味をなさない。

なんだろう、何か紛《まぎ》れ込んでたのかなと思い、付箋に書かれた文字を読んでみた。

『最終ページに到達おめでとう。一緒の大学で会えたらいいね』

これは真衣先輩の文字だ。それはすぐにわかった。

たった一行だった。

たった一行の文字を読んだとき、ふいに僕の脳内に蘇《よみがえ》るものがあった。

あれは、卒業式の後だ。

真衣先輩が、冷たい手で僕の頬に触れたときに言った言葉だ。

『広瀬次第だよ』

僕はその言葉の意味が今ようやくわかった。

あの日、真衣先輩は『遠くから応援してるよ』と言ってくれた。そして、その声が聞こえるかは僕次第だと。

真衣先輩は、声を残してくれていた。

それは僕がしっかりと地道に進めていけば、この最後のページに辿《たど》り着き、真衣先輩の声を聞くことができるという意味だったのだ。

しかし、苦手なことを避《さ》けて、地道な努力を怠《おこた》ってきた僕はこのページに辿り着くことはできなかった。

こんなアクシデントでしか見つけることができなかった。

あの夢のような日々に恋《こ》い焦《こ》がれているだけで、僕は立ち止まったままだった。

「ちゃんとやっておかないと後悔する」と言った真衣先輩の言葉も蘇ってきた。ああ、僕はどれだけ真衣先輩を裏切ってきたのか――。

僕は単語帳を閉じた。そして、もう一度、最初のページを開いた。

「まだ……あと半年、あるよな」

夏の夕暮れ、僕の影《かげ》が長く伸びる部屋で、僕はやっと冬の終わりから動き出すことができた。

4

薄紅《うすべに》の花びらが舞《ま》うキャンパス。

僕は正門を抜けると最初に見える桜の木の下にいた。少し古びた白木でできたベンチに座《すわ》っていた。

春のうららかな陽気のもとで座っていると、いつのまにか睡魔《すいま》に僕は襲《おそ》われる。うつらうつらと微睡《まどろみ》の中に落ちていきそうだった。

心地よい春の誘《いざな》いに、僕の瞼《まぶた》は重くなる。起きなければ、頭の中ではそう思うけれど、僕はこの睡魔に逆らうことができそうもなかった。もうこの心地よさに落ちていくしかないのか。

しかし、その春の誘いは、ふいに終わりを告げた。

僕の頬に、何かが触れた。

氷にでも触れたような、冷たい何か。

驚《おどろ》いた僕の目は一瞬にして見開かれ、文字通り飛び上がりそうになって顔を上げた。

今のは何だ――？

答えは、僕の目の前にあった。
僕の前には、髪の長い女性が立っていた。
桜舞う春風の中で、その人の長い髪が揺れていた。
これは、夢じゃない。

「ちゃんと、頑張ったんだね。広瀬」
そう言って微笑みながら僕の頬に触れていたのは、いつも手の冷たいあの人だった。

始まりの場所、帰る場所

麻柚

オレは明日、上京する。

つってもオレの地元であるこの街は特急に二時間も乗れば東京に着けてしまう程度の場所だから、「なんか淋《さび》しい」「なんか切ない」みたいな、ありがちな感慨《かんがい》なんて全然ない。一人暮らし用の部屋を見にもう三回くらい往復してるから、正直「東京、ラクショー」って感じだ。進学すんのもどうせFランのバカ大だし、「ラクショー」で「タノシー」はず。オレの未来にはきっと、一点の曇《くも》りもない。

あるとしたら、結以《ゆい》の顔を毎日拝めなくなることくらい。


「バッカじゃないの?」

フローリングに尻《しり》をつけて、結以はそう宣《のたま》った。顔をしかめながらも、大量のジャンプをビニールひもで括《くく》りつける作業の手は止めない。ここはオレの部屋で、結以はオレの最後の荷物整理に駆《か》り出されていた。ベッドやら本棚《ほんだな》やら、デカい家具はみんな新居の方に送り済みで、六畳《ろくじょう》の部屋には大量のマンガやCDやドラムの楽《がく》譜《ふ》が雑然と散らばるだけになっている。

「エロいことばっか考えてっからFランしか行けないんだよアホ」

壁《かべ》に凭《もた》れてそこらへんにあったマンガを読んでたら、「あんたがサボんなっ」とキレた結以に取り上げられた。結以の黄色いニットは、胸元が膨《ふく》らんでいる。

結以はオレんちの向かいに住んでる、世間で言うところの「幼なじみ」だ。ガキの頃《ころ》は毎日オレと脳みそカラッポなことばっかして遊んでたくせに、ちゃっかり地元の国立に合格してしまった。よって、結以は実家を出ない。

「あーもうっ。楽譜ごっちゃじゃん！　どれがどれだか分かんないっつーの！」

ショートボブを振《ふ》り乱して、結以が吼《ほ》える。体育座《たいいくずわ》りをして「てーねーに扱《あつか》ってね」と注意したら、マジの殺意を込《こ》めて睨《にら》まれた。もうちょいで肩《かた》につきそうなくらい伸《の》びたオレの茶髪《ちゃぱつ》に向かって結以は、「うるせえ勘違《かんちが》い野郎《やろう》」と吐《は》き捨てる。

「大体バンドやりたくて上京とか痛々しすぎだっての。ほんっと頭悪い」

「なんとでも言ってくださいよ」

ずばずばずばずばオレを罵《ののし》りまくる結以だけど、実はオレたちが口をきくのは九ヶ月ぶりくらいのことだった。まだ高校を卒業する前、三年の六月、「東京行く」と宣言したオレを結以はバカアホマヌケと散々にこきおろした後で、急に静かになった。

——行かないで。


そう呟《つぶや》いた結以の目尻《めじり》は、濡《ぬ》れて光っていた。

それからオレたちは、今日まで絶縁《ぜつえん》状態を貫《つらぬ》くことになる。

＊

オレには兄貴がいた。

いた、ってことは当然、今はいないってことになる。歳《とし》の差五歳《ごさい》だったオレの兄貴は一昨年、つまりオレと結以が高二の夏、東京で死んだ。ホコ天を歩いてた時、暴走したワンボックスにはねられて即死《そくし》だった、らしい。他にも何人かの死者とたくさんの怪我人《けがにん》を出したその事件の犯人は、「誰《だれ》でもいいから人を殺したかった」と、テンプレみたいな供述をした。でもまさか、「誰でもいいから」に兄貴が巻き込まれるなんて想像もしてなかったろう。親も結以もオレも、兄貴自身も。

兄貴はオレと違《ちが》って頭がよくて、おまけに才能があった、絵の。小さい頃から学校の写生大会では毎回金賞だったし、夏休みの宿題でやらされるポスター制作なんかでも入選したことが何回もあった。本人も描《か》くのが好きで、中高と美術部でひたすらインドアに徹《てっ》していた兄貴の肌《はだ》は、年中白かった。生まれつき髪《かみ》や目の色素も薄《うす》かった兄貴は透《す》けてるみたいで、笑うと目元に少し幼さを溢《あふ》れさせる、塩顔系イケメンだった。もちろんオレは学校での兄貴を知らなかったけど、まあモテまくってただろうなとは想像できる。結以も、そんな兄貴に惚《ほ》れてる女子の一人だった。

オレと結以が幼なじみってことは兄貴と結以も幼なじみってことになる。兄貴は結以をほんとに甘《あま》やかした。オレが弟であるのと同じくらい自然に結以を妹だと思ってたみたいで、結以が自分に惚れてるってことに気付いてんのかいないのか、よく分からなかった。

兄貴が東京の美大の日本画科に現役で合格して上京しちまった日、見送りの結以はオレの隣《となり》でびーびー泣いていた。ボストンバッグを提《さ》げた兄貴はちょっと困ったように苦笑《くしょう》して、結以の頭に手をのせると、いつもやるみたいにふわふわ撫《な》で回した。一生のお別れじゃないんだから。兄貴が言うと、結以はやっと泣きやんで、こくりと頷《うなず》いた。

「またね」
兄貴はいつもそう言ってオレたちと別れた。兄貴が帰省するたび、オレは兄貴の中に「変わったもの」を探そうとしたけど、結局それはいつまで経《た》っても見つからなかった。東京で生活するようになってからも、兄貴は兄貴のまんま、笑っていた。

「またね」

去っていく兄貴に、結以はおんなじ言葉を返して見送った。オレと二人して駅までついてって、改札ごしにぶんぶん手を振った。一昨年の夏、兄貴は「卒制を進めたいから」っつってそれまでの夏休みより早めに東京に戻《もど》ってって、そして、帰ってこなかった。だから結以の「またね」は、永遠に宙に浮《う》いたまま、ぷかぷかとそこらへんを漂《ただよ》っている。

＊

「やっと終わったー」

一階に下りると、結以はダイニングのテーブルに突《つ》っ伏《ぶ》した。だらりと両腕《りょううで》を前に伸ばして、「くそめんどかった！」と叫《さけ》ぶ。キッチンを出たオレは「おつでした」と言ってポテチとコーラを恭《うやうや》しく捧《ささ》げた。親は二人とも仕事で、家にはオレと結以しかいない。

キスすんなら今だな、と思うけど、結以はオレのことを「勘違い野郎」としか認《にん》識《しき》してないので、到底《とうてい》ムリなんだった。

「ほんとあんたにはいいように使われっぱなしだわ」

ばりばりとコンソメ味のポテチを噛《か》み砕《くだ》くすっぴんの結以の唇《くちびる》は、油でてらてら光っている。キスしたい、と思いながら、オレもポテチを頂戴《ちょうだい》した。結以が脚《あし》をぶらぶらさせるたび、木目の椅子《いす》がみしみし音を立てる。

「この礼はオレのライブご招待で返しますから」

「いらねー！　罰《ばつ》ゲームじゃんむしろ！」

「なに、またドラム叩《たた》きながら歌っちゃうわけ？　キモっ」と結以の反応は惨憺《さんたん》たる有様だったけど、オレは反論するすべを持たずに口を尖《とが》らせた。

オレがバンドを始めたのは高一の時、ダチに「軽音部に入部しないか」と持ちかけられたことがきっかけだった。当時、帰宅部でラクに生きてきたいと考えてたオレは全然乗り気じゃなかったんだけど、まあとりあえず来てみろやという誘《さそ》いで部室についてって（どうも軽音部は深刻な人数不足で勧誘《かんゆう》に必死だったっぽい）、あっけなく落ちた。ほんとに「落ちた」としか言いようがないくらい、ダチのギタボも部員のベースも、ぎゅいんぎゅいんとうなり声を上げてオレの身体《からだ》に入り込み、内側で暴れまくった。痛くて、暑くて、襟足《えりあし》にぶわりと汗《あせ》をかいてたけど、すげえ気持ち良かった。ドラムやってくれよ、というダチの懇願《こんがん》にソッコーで頷き、晴れてオレはドラマーデビューした。

「あんたマジで音痴《おんち》なんだからボーカルだけはやめときなよ」

「お前さっきから失礼すぎ。オレだってなあ、わりかしちゃんと練習してんだよ、キャラに似合わず」

「たかが知れてるっしょ」

高一の秋、文化祭がオレの初めての舞台《ぶたい》だった。はりきりまくったオレはもちろん結以を招待して（結以はオレより偏差値《へんさち》にして十五は上の高校に通っていた）、そして、大失態をさらした。まず、ダチが熱出して急遽《きゅうきょ》オレが歌うことになったってのが大誤算（ベースの奴《やつ》はオレより音痴だった）。で、ボーカルを補ったとこでギターがいなけりゃ曲のていをなさないのは当たり前で、オレはステージ上で死に物狂《ぐる》いで歌い、叩きながら、観客の空気がどんどんしらけていくのを肌で実感していた。あの惨劇《さんげき》を経験した後もバンドを続けたオレには、オレ自身が一番驚《おどろ》いたくらいだ（結以は演奏の後、すげえ不味《まず》いもん食ったみたいな顔で「……お疲《つか》れ様」とオレをねぎらった）。

「てかまずバンドがあんたに似合ってない。いい加減やめれば？」

喉《のど》をそらしてコーラをラッパ飲みする結以の発言に、他意はなさそうだった。でもオレは、しばらく間を置いた後で「やめねーよ」と答える。

「バンドやりてえなら東京来いって、言ったのは兄貴だ」

つまりバンドをやらないなら、オレが東京に行く意味もない。

結以は二秒くらい硬直《こうちょく》して、それから何か言いかけたけど、結局何も言わないまま口を引き結んでしまった。結以にとって「兄貴」という単語は、葵《あおい》の御紋《ごもん》みたいなもんだ。そんな反応をされるたび、「こいつはまだ兄貴が好きなんだな」と思い知らされて、オレはちょっと胸を毛羽立たせる。

「……ほんとに行くの？　東京」

結以がちょっと下を向くと、髪が頬《ほお》に影《かげ》を作っていた。

「さっき荷造り手伝ったじゃん、お前」

頭の後ろで手を組んで投げやりに答えると、結以はあからさまにムッとした。なにそれ腹立つ、と言って、ポテチで汚《よご》れた指先をティッシュで力任せに拭《ぬぐ》う。

「あたしずっと、あんたに怒《おこ》ってたんだよ」

ふっと、静寂《せいじゃく》。オレの左手にあるキッチンから、水滴《すいてき》がシンクを叩く音がした。

「ムカついてたの。……ムカついてんの」

オレは立ち上がった。眉《まゆ》を下げ気味にしてオレを見上げた結以に、言う。来いよ。

「見せてえもんがある」

＊

兄貴の部屋は今も、そこで生活してる人間がいるみたいな状態で置かれている。上京した時に持ち出された家具やらも、ここに戻ってきてじっと、埃《ほこり》をかぶっている。

オレの部屋を過ぎて兄貴の部屋の前に立つと、結以は一瞬《いっしゅん》顔を強張《こわば》らせて「やだ」と目を背《そむ》けた。

「入りたくない」

結以は兄貴が死んでから、兄貴の「存在」に一度も触《ふ》れてない。葬式《そうしき》にも一周忌《いっしゅうき》にも来ず、だから当然遺品なんか見たことない。たぶん墓参りにも、行ったことないはずだ。

「入れよ」

オレはためらいなくドアノブを押《お》し開け、背中を突き飛ばすようにして結以を中に入れた。つんのめった結以は振り返ってオレを思いきり睨んだけど、オレはもう後ろ手にドアを閉めてしまっていた。

全体的に青っぽい兄貴の部屋。窓のすぐ下にある学習机の脇《わき》に結以を座らせて、オレはクローゼットを開いた。机や本棚から溢れた細々したもんが全部突っ込まれてるその中を漁《あさ》って、スケッチブックを引っ張り出す。結以の正面にどかっと腰《こし》を下ろすと、結以は怪訝《けげん》な表情をした。

「これ。兄貴の卒制の原案」

ラフとはいえしっかり着色も施《ほどこ》されたその絵は、兄貴が完成させるはずだった卒制の縮小版、と言えるものなんだろう。手前に金木犀《きんもくせい》だかなんだか、黄色っぽい木があって、その向こうに二つの人影がある。ランドセルを背負った男女の子どもは、その奥《おく》にある夕焼けのせいで影になっていて、顔は描かれていない。それでも男女だと分かるのは、女の方が耳の辺りで二つ縛《しば》りをしているからだった。

まつげを伏《ふ》せて絵に見入っていた結以は、ある瞬間で何かに思い至ったらしく、影の部分にそっと触れた。手の甲《こう》が不自然にぴくぴくして、指先はためらいがちに子どもの上を行ったり来たりしている。

「……タイトルは？」

消え入りそうな掠《かす》れた声を、無理矢理絞《しぼ》り出して結以はオレに問うた。

「『始まりの場所、帰る場所』」

って、裏に書いてある。オレがそう言って左側のベッドに肘《ひじ》を置いた時、太陽を覆《おお》っていた雲が急に移動して、外が明るくなった。窓から陽光が射《さ》し込んで、それは結以の顔を左半分だけ照らす。空中を舞《ま》う埃が、きらきらと輝《かがや》く。

ゆっくりとまばたきを一つした結以の下瞼《したまぶた》からつるっと何かが滑《すべ》り落ちて、あ、とオレは思った。

「――晴ちゃん」

結以が、兄貴を呼ぶ。晴ちゃん、ともう一度呼んだ瞬間、絵の上に丸い水が落ちてじわりと染《し》み込んだ。慌《あわ》てて、結以はオレにスケッチブックを突き返す。

二人の子どもは、今にも画面手前に向かって駆け出しそうにしていた。たぶんその先に、誰かがいるんだろう。

オレんちの庭には、敷地《しきち》からはみ出すようにして茂《しげ》る金木犀がある。そして結以は小学生の頃髪が長くて、よく二つ縛りにしていた。

「バカ」

膝《ひざ》を抱《かか》えて、その中に顔をうずめた結以の台詞《せりふ》は嗚咽《おえつ》に呑《の》まれて、なんだか無理して言ったみたいに聞こえた。ずずっ、と洟《はな》をすする音がする。オレは結以の小さくなった背中に腕を伸ばして抱《だ》き寄せようか、と考えたけど、こんなシチュでも「キモい」と拒絶《きょぜつ》されることに変わりない気がしたので、やめといた。

「またねって言ったじゃん。晴ちゃんあたしとの約束、一回も破んなかったじゃん」

なのになんで。意味分かんない。結以がうわごとのように兄貴への文句をぶちまけてる間、オレは結以のつむじを見つめて、全然ダメだ、と思った。オレは兄貴に勝てないどころか、届かない。いやそもそもあの兄貴に勝とうとすること自体無謀《むぼう》でどうしようもないんだけど、今は、勝たなきゃダメだった。圧倒的《あっとうてき》な存在になんなきゃ、結以はずっと兄貴に囚《とら》われたままになる。なのにやっぱり、兄貴はデカすぎた。

なんでだよ、と思った。なんで死んじまったんだよ、と初めて思った。死んだ奴は最強だ、だってずっと、綺麗《きれい》なままでいられんだから。

「『帰る場所』に帰ってこなくて、どうすんのバカ」

兄貴が生きてる間はただの一度も悪口を言わずに、かっこいい、頭いい、背ぇ高い、あんたとは全然違う、と褒《ほ》めまくってた結以が、初めて兄貴を「バカ」となじった。でもそれは、普段《ふだん》オレにぶつけてくる「バカ」とはまるで違って、潤《うる》んだ瞳《ひとみ》で兄貴に見とれながら零《こぼ》した「大好き」と、丸っきりおんなじ性質を孕《はら》んでる気がした。

「結以」

オレは結以に「大好き」なんて言われたことねえし、兄貴には勝てない。でもそれは今の話で、もしかしたらこの先は、分かんないかもしれない。

「オレは東京行く」

結以がゆっくり、顔を上げた。結以の目元は赤く痙攣《けいれん》して、オレは試《ため》しに、勢いで結以の頬を手でこする。そこは火照《ほて》って熱くて、でも涙《なみだ》は冷たかった。それにびっくりして、オレはもう片方のほっぺたもごしごし拭ってやった。ジグザグの一本線だった涙の筋が、ばっと広がって消える。

「やめろっつうの」

本気でいやそうにオレの手をどけた結以の顔全体に、陽《ひ》がかかった。瞬間、湧《わ》き立ったみたいに結以のにおいがぐわっとオレに押し寄せて、オレは「好きだ」と言いかけてしまったけど、呑み込む。ここで伝えるべきことはそれじゃない。

「でも、帰ってくる。殺されても……じゃなくて、ぜってえ生きたまま帰ってくっから」

ほとんど告白だった。あとなんか、ありがちな死亡フラグみたいな台詞だった。やべえ、と途端《とたん》に不安になる。つまさきに落ちた陽の光の熱が、くっきりと浮かび上がって迫《せま》ってきた。背筋がむずむずする。

結以は二重の瞳を少し大きくさせてオレをじっと見た。オレはますます焦《あせ》って、「マジです」と変な発言を重ねてしまう。でも結以は、しばらくすると「アホ」と呟いて、ふにゃりと口の端《はし》を緩《ゆる》めた。

「帰ってこなかったら殺す」

*

「晴ちゃんて彼女《かのじょ》いるの？」

結以が、オレと二人の時は出しもしないような甘ったるい声で兄貴に尋《たず》ねた時、オレたちは三人でこたつに脚《あし》を突っ込んでいた。オレんちは冬限定でリビングの端のテレビの前にこたつを出す。結以はさりげなさを装《よそお》ってたけど緊張《きんちょう》してんのがバレバレで、あーあ、とオレは思った。

「どうして？」

すっとぼけてんのか鈍感《どんかん》なだけなのかよく分からない表情で、兄貴はミカンをむいていた。どうしてって、と結以は言葉につまる。

「ほら、二十一歳ってあたしらにしたらすごい大人だし。どんな恋《こい》してんのかなーって、気になるじゃん」

とっさの言い訳感丸出しの発言だったのに、兄貴は「そっか」と納得《なっとく》してしまった。

「残念だけどいないよ。俺《おれ》、モテないし」

「えー！　うっそだあ」

「ほんとほんと」

信じられん、とわめきながら、あからさまに結以はほっとしていた。でもオレも、兄貴がモテないってのはぜってえ嘘《うそ》だ、と思う。

「結以は彼氏《かれし》ほしいの？」

「そりゃもちろん！　決まってんじゃん」

と言いながらねっとりと期待を込めた視線で兄貴を射る結以の方は見ないで、兄貴はなぜかオレに向かってにやっと笑った。

「結以は可愛《かわい》いからすぐできるよ」

意地がわりぃ！　とオレは腸《はらわた》が煮《に》えくり返る寸前だった。兄貴は、結以が自分へ向ける好意はのらくらかわすだけのくせに、オレの結以への視線にはちゃんと気付いて、あまつさえ協力しようとするのだった。可愛い、という兄貴の発言に結以が赤面してることとなんか全然知らないで。

オレはムカついた。ムカついて、さっさと東京戻れ、と正面の兄貴の脚を蹴《け》った、つもりだった。こたつの中で行った攻撃《こうげき》は目標を見誤ったらしく、オレの右隣にいた結以が「いたっ」と声を上げた。

「ちょっと雄也《ゆうや》、どういうつもり!?」

結以がオレを蹴り返して、オレもそれに反撃《はんげき》して、っていう応酬《おうしゅう》が始まると兄貴は「まあまあ」と結以の口にミカンの粒《つぶ》を放った。それだけで結以はすぐ上機嫌《じょうきげん》になって、オレはますます、気に入らない。

＊

そんなことを思い出したのは、結以と一緒《いっしょ》に駅へ向かう途中《とちゅう》、通りがかったスーパーの前に大量のミカンが積まれていたからだった。アスファルトにごろごろとキャリーケースを転がす音は、片側二車線の道路を時折通り過ぎる車のエンジン音に搔《か》き消される。田舎《いなか》らしく、駅のすぐ近くまで辿《たど》り着いてもオレら以外の人の姿はほとんどなかった。駅周りは開発されて田んぼもなく道路も広いのに、人がいないとなんだかむなしい。三月にしてはあったかい気温、腕時計は十一時を指している。

今日、オレは東京に発《た》つ。親父《おやじ》たちが結以一人に見送りを頼《たの》んだのは、たぶんオレへの気遣《きづか》いだろう。奴らはにやにやして、演技の涙すらなくいつも通りにオレを追い出した。その下品な笑い方は、兄貴そっくりだった。いや兄貴が親父たちそっくりなのか。

「あんたほんとに一人暮らしできんの？　野垂れ死ぬんじゃないの？」

「うるせーうるせー、つーかそれ何回目だよ」

オレんちから駅まで、横でわーわーがなり立てる結以を適当にあしらい続けてたら、「なにその態度！」とついにキレられた。でもオレは無視を決め込んで、ロータリーを横切って駅の構内に入る。切符《きっぷ》を買ったりベンチで休んだりしてんのは老人ばっかで、くそ田舎め、と改めてうんざりした。

「じゃ」

改札口で結以に振り返り、片手を軽く上げた。ここから私鉄で三つ行った駅から特急に乗れば、もう東京だ。ん、と結以も小さく応じた。

「土産《みやげ》は東京ばな奈な」

「……あんたってほんと、創意工夫《くふう》ってやつがないよね」

結以が肩をすくめて文句を言う。東京ばな奈、食べてえくせに。

「もう行くわ」

身を翻《ひるがえ》して前に一歩繰《く》り出した直後、オレの服に違和感《いわかん》が生じた。振り向いたら、結以がちょっと俯《うつむ》き気味にして、オレのTシャツの裾《すそ》を摑《つか》んでいた。

「雄也」

なに、と訊《き》く。口をつぐんでしまった結以に「特急の時間、遅《おく》れんだけど」と急《せ》かしたら、結以はオレのぼろいスニーカーに目線を落としたまま、口を開いた。

「ムカついた時当たり散らせるの、あんたしかいないの」

結以らしくない、遠慮《えんりょ》したような声。でもオレは結以が何を言いたいのか分かってるので、わざとふざけてみせる。

「オレだってお前のそのきょにゅー、拝みたんねーよ」

「アホ」

普段下ネタにはマジギレで返す結以が、ふにゃりと笑ってオレの目を見た。オレは確実に安心する。結以の背景にはこの駅の唯一《ゆいいつ》の特徴《とくちょう》である、無名作家のよく分かんねえ壁画《へきが》が見えている。

「彼氏作るなよ。あときょにゅー、誰にも触《さわ》らせんな」

「……あのさ、いい加減はっきり言ったら」

最後まで知らんぷりしてくれるんだろうと思ってた結以がそんなことを言い出したので、オレはちょっと動揺《どうよう》して結以を見つめた。結以はにやっとして、オレの言葉を待っている。だからオレは逃《に》げられず、居住まいを正してごほんと一つわざとらしい咳払《せきばら》いをすると、深く吸った息を吐き出すのと一緒におりゃっと告げた。

「好きだ」

体がじゃなくて、結以が。告白した後で急激に恥《は》ずかしさが込み上げて頭がぽうっとしたので、オレはちょっと無様なくらいしどろもどろになった。そんなオレを結以は「あはははっ」と豪快《ごうかい》に笑い飛ばして、笑いすぎて滲《にじ》んだ涙を人差し指ではじいた。

「あたしは晴ちゃんが好き」

あっそう、知ってた、てかだったら言わせんなよ、と頭ん中でいろんな言葉がぐるぐるしたけど、そのどれも口にしたところでフラれたのを認めることになってしまうだけなので、オレは黙《だま》った。つーかオレの一世一代の告白を。笑うなよ。

「ちょーいい男になって見返してやっから、後悔《こうかい》すんなよ」

「なにそれ女子かよ。キモっ」

そのロン毛なんとかしてから言えよ、マジキモい、と散々に罵倒《ばとう》され、オレはちょっと傷つく（結以はオレにキモいって言いすぎだ）。でもオレは、どうしたって兄貴にはなれない。容姿端麗《たんれい》、文武両道、品行方正、特殊《とくしゅ》な才能あり、な兄貴には、なれない。兄貴にできたことのほとんどが、オレにはできない。


「じゃーな」

投げやりに結以に背を向け、改札を抜ける。雄也、と声が追ってきて、なんだよまだあんのか、とイラついて振り返ると、

「いってらっしゃい」

思わぬ柔《やわ》らかさで、結以が微笑《ほほえ》んでいた。オレは度肝《どぎも》を抜かれる。抜かれて、あーやっぱ好きだ、と思う。フラれたばっかなのに。

「今度、晴ちゃんのお墓参り付き合ってね」

おう、と答えて、オレはもう行ってしまおうとした。あんまり長く留まってると、離《はな》れたくない、なんてそれこそキモいことを考えてしまう気がして。でも途中で思い直して、オレは結以を見据《みす》える。ん？　と結以は小首をかしげる。

「またな」

今度こそ、結以は両目をまん丸にして驚いていた。泣かれるかもしれない、怒られるかもしれない、そんなこと言うなと罵られるかもしれない。たくさんの心配が頭を駆け巡《めぐ》って――でも結以の反応はそのどれでもなく、ふ、と表情を崩《くず》しただけだった。眉を下げてちょっと困ったように、けど確かに、笑った。

「またね」

兄貴にできたことができないオレは、でも兄貴ができなかったことを、できるかもしれない。かもしれない、じゃなくて、しなくちゃならない。

大丈夫《だいじょうぶ》、できる。ここに、結以のところに、帰ってくる。それだけでいいんだから。結以の「またね」を、ちゃんと受け止めて持って帰ってくりゃいいんだから。

次はぜってー、兄貴に勝つよ。オレは心の中で力強く兄貴に宣言して、一歩、東京へと踏《ふ》み出す。

この恋は焦げ付き

雫倉紗凡

0

——好きな人から呼び出されて、体育館裏に向かった。

少し遅《おく》れて到着《とうちゃく》した彼女《かのじょ》は、どういうわけか左腕《ひだりうで》に買い物袋《ぶくろ》をぶら下げていた。中に入っていたのは、料理に使いそうなサラダ油と、いくつかの調味料と、それから。

「卵?」

思わず漏《も》れ出た疑問は無視された。

彼女はいつも通りの大人びた微笑《びしょう》を浮《う》かべ、空いている方の手で僕《ぼく》の手首を摑《つか》む。

「じゃ、行こっか」

「行くって、どこに」

「見たらわかるでしょ。調理室だよ」

1

遡《さかのぼ》ること、約七時間。月曜の朝八時。

高校二年生になって二週間と少し過ぎた四月下旬《げじゅん》。最近は朝でもそこそこ気温が高くて、冬服の長袖《ながそで》がそろそろ鬱陶《うっとう》しい。

今日は一度忘れ物を取りに家に戻《もど》ったことで、普段《ふだん》より少し遅れて駅に到着した。無駄《むだ》に歩いたことで多少ネガティブな気持ちになったけれども、結果的には大いにラッキーだったと言える。

ホームの黄色い線の前で待つこと一分。目の前で止まった車両の中を見て、胸の中に突風《とっぷう》が吹《ふ》いた。原因は、奥《おく》のドア付近でスマホをいじっている女の子の立ち姿。去年クラスメートだった朝比奈《あさひな》さんだ。

車両に乗り込《こ》む僕に気づいた彼女が顔を上げ、軽く手を振《ふ》ってくれた。画面に対しては無表情だった彼女の顔が僕を見るなり華《はな》やいだという事実を受けて、スマホに対し軽く優越感《ゆうえつかん》を覚える。

「おはよう、香取《かとり》くん」

スマホをポケットにしまいながら、朝比奈さんがにこりと微笑《ほほえ》む。たんぽぽみたいなその笑顔《えがお》が、僕の体内で蠢《うごめ》いていた眠《ねむ》さや気だるさを全て消し去ってくれた。

「おはよう、朝比奈さん」

「香取くん、今日はいつもより少し遅いね」

「家でのんびりしてて。朝比奈さんこそ、いつもはもう少し早い電車に乗っているよね」

直前の朝比奈さんの発言からして、僕が彼女の行動パターンを把握《はあく》していてもそこまで気持ち悪がられないだろうと踏《ふ》んだ。

「うん、ちょっとね」

僕の読みはとりあえず正しかったようで、朝比奈さんは不審者《ふしんしゃ》を見るような眼差《まなざ》しを僕に向けることなく会話を続けてくれた。

「今日はお弁当を作るのに手間取っちゃって」

「自分で作っているの?」

「うん」

「すごいなあ」

さすが朝比奈さんだ、と感心して、昨日よりもまた少し好きになる。

「今日は久しぶりに卵焼きを入れてきたんだけど、なかなかうまくできなくて。卵焼きって、意外と難しいよねえ」

そう言って朝比奈さんが弁当箱を愛《いと》おしそうにぎゅっと抱《だ》きしめる。僕は胸の中で弁当箱に対する嫉妬《しっと》の炎《ほのお》を燃やしつつ、「定番だからこそ意外と奥深いよね」と一般論《いっぱんろん》を返した。

「香取くんは、卵焼き作る時のこだわりはある？」

「どうだろう。いつも感覚でやってるから、別にないかな。朝比奈さんは？」

詳《くわ》しく答えるより質問を選んだ。いくつかの点から考えて、このまま僕のターンを続けてもあまりメリットがないと判断したから。男性がたくさん話すよりも女性の話を引き出した方がうまくいくらしい。この前読んだ恋愛《れんあい》心理学の本にそう書いてあった。

「わたしは最近ね、卵をかき混ぜる時に少し水を加えてるの」

「へえ」

「水入れるとさ、仕上がりがふわっふわになるじゃん」

「うんうん」

「一回やってみたらハマっちゃって」

生き生きと話す朝比奈さんの顔を見て、僕の中で恋愛心理学への信頼度《しんらいど》が大きく高まった。

「香取くんは、卵焼きの味付けってどうしてる?」

「あー、普通《ふつう》かな」

「お砂糖、醬油《しょうゆ》、はちみつ、塩とか?」

「そうそう。朝比奈さんは?」

「わたしも似たような感じ。最近はね、砂糖を多めにして少し甘《あま》めの卵焼きを作るのにハマってるの」

「いいな。おいしそう。朝比奈さんのお弁当一口もらいたくなってきた」

本音が漏れた。こういう発言は場合によっては距離《きょり》を縮める大きな一手となるけれども、今回はどうだっただろうか。

ありうるリアクションをいくつか思い浮かべてみる。現実的なのは、「食べてもらえるほどじゃないよ」とか。もう少し良ければ、「ほんと? なら今日、一緒《いっしょ》にお昼食べる?」あたり。さらに良ければ、「じゃあ今度、家来る?」とか、それはさすがにないと思うけど、万が一そう言ってもらえた場合には、よからぬ願望を悟《さと》られないように「いや、それは悪いよ」などと一度は遠慮《えんりょ》した方がいいはず。

こんな妄想《もうそう》をぐだぐだ繰《く》り広げる余裕《よゆう》があったということはつまり、一時的に会話が止まっていたということだ。

「あ、朝比奈さん?」

ふと妄想から覚めた僕は、朝比奈さんの沈黙《ちんもく》に気がついて彼女を呼んだ。けれど返事はなく、それどころか彼女は僕の方を見ようともしなかった。

いったい、どうしたというのだろう。

「ふむ」

朝比奈さんは、考え事を示すサウンドエフェクトみたいな声を出しながら、じっと窓の外を眺《なが》めていた。周囲のつり革《かわ》が揺《ゆ》れた回数からして、僕らの間に流れた沈《ちん》黙《もく》は十秒にも満たなかっただろう。それがわかっていても、僕にとっては何時間も空気が固まったように感じられた。

もしかして今のは、失言だっただろうか。お弁当をもらいたいだなんて、さすがに気持ち悪かったかもしれない。

がたんごとん、と電車の揺れる音。ドアの上のディスプレイで路線図が何度か切り替《か》わる。

やがて、朝比奈さんは何を思ったか、「よし、決めた」と手を打った。

「話が変わるんだけど、香取くん」

「はい」

いったい何を言われるんだろう。

恐怖《きょうふ》のせいで、口から出たのは敬語だった。

続いて朝比奈さんから告げられたのは、ほんとうに、突拍子《とっぴょうし》もない言葉だった。

「今日の放課後、体育館裏の桜の木の下に来てくれる?」

「え」

「香取くんに伝えたいことがあるの」

突然《とつぜん》のお願いに、まずはもちろん戸惑《とまど》って。

次に湧《わ》いてきたのは、凄《すさ》まじい高揚感《こうようかん》だった。

体育館裏の桜の木の下は、僕らの高校では有名な告白スポットなのだ。

なんでこのタイミングで、とは思うけれど、そこに呼び出されたということはもしかして?

電車の揺れとは関係なく、とくんと心臓が大きく跳《は》ねた。

2

「香取ー！　カラオケ行こうぜ！」

帰りのホームルームが終わるなり遊びに誘《さそ》ってきた友達に対し、僕は心苦しくもかぶりを振った。

「ごめん、今日はちょっと用事あるんだ」

「用事ってなんだよ。彼女でもできたのか？」

「そうじゃないよ」

まだ、そうじゃない。

頭の中でそんな言葉がよぎり、にやけるのを必死に我慢《がまん》した。

「しょうがねーな。今日みんなであの曲合唱するから香取もって思ったのに」

その後友達が告げた曲名は、最近流行《はや》っているアイドルの新曲らしかった。僕はアイドルに疎《うと》いのでその曲は聴《き》いたことがなかったけれど、とりあえず「うわ、ずりい！」と顔を歪《ゆが》めておくと、友達は「だろっ！」と満足げに笑い、僕の肩《かた》をポンポン叩《たた》いた。

カラオケにも行きたかったけれど、その何倍も、これから朝比奈さんに会うのが楽しみだった。もしかしたらそのままデートとか行けるかもしれない。もっとお金を持ってくるべきだったかな、などと考える。

荷物をまとめるふりをしてしばらく教室にとどまり、友達が去ったのを見計らって、約束の体育館裏に向かった。教室を出てから一度トイレで髪形《かみがた》を整えたけれども、階段を降りるうちにまた乱れてしまったので、一階についてからまた直した。

約束の桜の木の下にたどり着くと、朝比奈さんの姿はまだ見当たらなかった。

3

彼女が現れたのは、僕が指定された場所に到着してから十五分後、「今朝の出来事は幻《まぼろし》じゃなかったよな」と不安になり始めた頃《ころ》だった。

「ごめん、お待たせ」

少し息の乱れた声がして振り返り、目に入った彼女の姿に僕は混乱した。

「なに、それ」

彼女の左腕に、買い物袋がぶら下げられていた。あれはたしか、裏門を出てすぐのところにあるスーパーの袋だ。

半透明《はんとうめい》のビニール袋に入っていたのは、料理に使いそうなサラダ油と、いくつかの調味料と、それから。

「卵?」

思わず漏れ出た疑問は無視された。

彼女はいつも通りの大人びた微笑を浮かべ、空いている方の手で僕の手首を摑む。

「じゃ、行こっか」

「行くって、どこに」

「見たらわかるでしょ。調理室だよ」

4

「えーっと、調理室って、勝手に使っていいんだっけ?」

銀色のシンクや白いテーブルが九台ほど並んだ大きな部屋。一年生の時の家庭科の授業以来訪れていなかった空間を見渡《みわた》しながら、戸惑いとともに朝比奈さんに訊《たず》ねた。

「や、ダメだと思う」

そう言った朝比奈さんの声に、悪びれる様子は全くなかった。

「だよな。バレたら絶対怒《おこ》られるぞ」

「怒られる時は、香取くんに誘われましたって言っていい？」

「いいわけないだろ」

とか言って、いざ先生が来たら、僕は朝比奈さんを庇《かば》って矢面《やおもて》に立つに違《ちが》いない。

恋《こい》ってそういう化け物だ。

なんて話は、さておき。

「あのさ、今からいったい何する気なんだ？」

朝比奈さんは僕の質問に答えず、レジ袋から食材や調味料を取り出して並べる。

それから、塩胡椒《しおこしょう》を振るようにさらりと言った。

「まず前提として、わたしは香取くんのことが好きなの」

「うん」

彼女の声音があまりにも静かだったので、僕もつられて至極凡庸《しごくぼんよう》な相槌《あいづち》を打っていた。二秒遅れて、告白されたということに気がつく。うれしい、よりも混乱がまさって、ふわふわと夢の中にいるような気持ちになった。

続いて襲《おそ》ってきたのは、得体の知れない嫌《いや》な予感だった。

「香取くんはやさしいし、かっこいいし、何より一緒にいて楽しい。だけど一つ、ここはちょっとなあって思うところがある」

朝比奈さんは謎《なぞ》めいた言葉を口にしながら、棚《たな》を開けていくつかの調理器具をシンクの上に重ねた。続いてスポンジに洗剤《せんざい》を垂らし、無表情で洗い物を始めた。夕方、二人きりの調理室。バシャバシャと激しい水流の音、スポンジと食器の擦《こす》れる音、食器が水切りかごに置かれる音。

やがて洗い物を終えた彼女が、ちらりと横目で僕を見てから。

「香取くんってさ、ほんとは卵焼き作ったことないでしょ」

突然言われた一言に体の自由を奪《うば》われ、僕は朝比奈さんの横顔をただ見つめることしかできなかった。

彼女はパックから一つ卵を取り出して、こつんとテーブルの上に軽くぶつけた。

「香取くんって時々、知らないことがあっても知ったかぶりをするよね」

ぱかっと。

透明なボウルの上で、卵が割れる。

「今まで何度かそう感じたことがあったんだけど、わたしの思い違いかもしれないから、一度ちゃんと確かめようと思った。それで今朝、実験をしてみたの」

「実験?」

「電車の中でした、卵焼きの話」

二つ目の卵が割れた。調味料と、それから少量の水を加えられた卵液《らんえき》が、朝比奈さんの操《あやつ》る菜箸《さいばし》によってかき混ぜられる。

「香取くんは、卵焼きを作ったことがないのに作り慣れているふりをして、わたしに話を合わせていた」

「どうして、そう思ったんだ」

僕の質問に、朝比奈さんはコンロのつまみをひねりながら淡々《たんたん》と答えた。

「一番わかりやすかったのは、はちみつ」

火花が散り、コンロに青い炎が灯《とも》る。

「はちみつ?」

「『卵焼きの味付けをどうしているか』というわたしの質問に対して、香取くんは『普通に』と答えた。そこでわたしはいくつか定番の調味料を挙げて、その中に

『はちみつ』を混ぜたの。

はちみつは確かに卵焼きに使われる調味料の一つではあるけど、誰《だれ》もが使う定番というわけではない。だから、香取くんがもし卵焼きを作り慣れているなら、あそこで『はちみつ』に違和感《いわかん》を示さないのは不自然」

何も、言い返せなかった。

今日だけじゃない。

普段からそうなんだ、僕は。

知らないことを知らないっていうのが怖《こわ》いっていうか、きまり悪いっていうか。さっき友達にカラオケに誘われた時だって、知らない曲名が出ても、適当に話を合わせた。

僕のこの癖《くせ》は相手が誰であっても出るものだけれど、朝比奈さんと話す時には特に強く現れる。少しでも好感度を上げたくて、自分の弱いところを知られたくなくて、うまいこと誤魔化《ごまか》してきた、つもりだった。

「試《ため》すようなことをしたのは、悪いと思ってる。それに、香取くんがそうやって強がりをするのはきっと、わたしの前でカッコつけたいって思ってくれてる証拠《しょうこ》でもあって、それはそれでうれしい。だけど」

朝比奈さんが火を止めて卵焼き器を持ち上げる。いつのまにか調理が完了《かんりょう》していたらしい。フライ返しを巧《たく》みに操る美しい右手。金属の擦れる音がして、白い長皿の上に卵焼きの眩《まぶ》しい色彩《しきさい》が現れた。

朝比奈さんがカトラリーラックから箸を一膳《いちぜん》取り、卵焼きとともに僕に差し出す。

「召《め》し上がれ」

お箸を受け取って手を合わせ、軽く頭を下げる。心臓に風穴を開けられたような気分で、「いただきます」すらきちんと発音できなかった。

ふわふわの卵焼きを、一切れ口に運ぶ。

嚙《か》み締《し》めるたびに体全体を温めてくれるような、やさしくて朗《ほが》らかな味だった。

「おいしい」

「よかった」

十分に冷まさないまま口の中に入れてしまったせいで、舌が少し焼けたかもしれない。

舌と、それから胸の奥に痛みを覚えながら、僕は一旦《いったん》空っぽになった口を開いた。

「あのさ、朝比奈さん」

「ん」

「君の言う通り、僕は卵焼きを作ったことがない。それどころか、料理はほんとダメなんだ」

朝比奈さんは、左手を口元に近づけて卵焼きをほおばりながら、黙《だま》って僕の話を聞いていた。

「朝比奈さんにがっかりされるかもしれないって思うと、怖くて言えなかった」

逃《に》げ出したいくらいに恥《は》ずかしくて、もしこのあと調理室から火事が起こったとすれば、火元はきっとコンロではなくて僕の顔だろうと思う。

「だけど」

ぴきぴきっと。心の中で音がした。

僕のちっぽけなプライドを守る殻《から》が、少しだけひび割れた。

「やっぱり僕は、朝比奈さんに嘘《うそ》をつきたくない。もう、ダサいことはしたくないんだ」

お箸を皿の上に置き、椅子《いす》から立ち上がった。

「卵焼きの作り方、教えてくれないかな」

5

一分後。

「待って、嘘でしょ、香取くん……」

卵焼き特訓が始まって間もなく、僕は呆《あき》れたように笑う朝比奈さんに手首を摑まれ、作業を中断させられていた。

「えっと、僕何か間違《まちが》った？」

この時点で僕はまだ料理らしいことを何もしていなかった。強《し》いて言えば、ボウルを自分の前に寄せて、卵の殻を破ろうと両手の指に力を入れただけだ。

「いやまあ……そっか。知らないってそういうことだよね」

朝比奈さんは涼《すず》やかに微笑んでそう言うと、パックから別の卵をとって、こつんとテーブルにぶつけた。

「卵を割る時は、こうやってまずヒビを入れるんだよ」

あ、そういえば。

さすがに知ってはいたけど言われるまで思い出せなかった。それくらい僕は料理に疎い。

朝比奈さんは左手の人差し指でボウルを少し自分の側に寄せると、その上でぱかっと卵を割った。殻が真っ二つになり、透明なボウルの中にみずみずしい液体がぷるんと落ちた。

「もう一つは、自分でやってごらん」

「はい、師匠《ししょう》」

朝比奈さんがやってみせてくれた通りに、平たいテーブルに卵をぶつける。

一回目はちゃんとヒビを入れることができなかった。二回目で一応ヒビは入ったけど、逆に強く打ち付けすぎてしまったのか、ボウルの上で割った時に卵液と混ざって少し殻が入ってしまった。

「あちゃあ」

「大丈夫、割れてる割れてる」

「あの、ありがとうございます……」

「なんで敬語?」

「なんとなく……」

ボウルに指を突《つ》っ込むのは汚《きたな》い気がして、箸で殻を取り出す。その間に朝比奈さんが調味料を必要量用意してくれていて、僕はそれらをそっとボウルに流し込んだ。単純な動作の一つひとつにすごく神経を使う。

「はちみつは買ってきてないけど、必要だった?」

「やめてください、師匠」

くすりと笑う朝比奈さんの眼差しに、いよいよ顔から湯気が出そうになる。殻があったら入りたい。

調味料と混ぜた卵を箸でかき混ぜていく。さっきの朝比奈さんに比べて動作がぎこちないのが自分でもわかる。

とはいえ、ボウルと箸のぶつかる高い音が耳に入るうち、ああ料理してるなって実感が湧いて、少し楽しくなってきた。

朝比奈さんが調節してくれた火の上に卵焼き器を置き、なんとなく上に左手をかざして熱を感じてみる。「そろそろいいと思う」と教えてもらえたので、キャップを開けて油を注いだ。どぼどぼどぼ。

「ちょっと入れすぎ」

「ごめんなさい」

悪いことをしたわけじゃないのになぜか謝ってしまう。

「卵は一度に入れるんじゃなくて、まずは三分の一くらい入れてみて」

朝比奈さんのアドバイスを受け、僕はゆっくりと息を吐《は》きながらボウルを傾《かたむ》けた。油を入れすぎた時の反省を生かして慎重《しんちょう》に。どぼぼ。たぶん、これで三分の一くらい。

卵焼き器をいろんな角度に傾けて卵液を全体に行き渡《わた》らせる。ふつふつと沸《わ》き立つ黄色。食欲をそそる眩しい香り。ああ料理してるなって感じ再び。

「そろそろ巻いてこっか」

「はい」

頷《うなず》いてみせたのはいいものの、これ結構難しくないか？

力加減が悪いのか角度が悪いのか、卵がなかなか思った通りに巻かれてくれない。頭の中ではくるくると器用に形を整えるイメージができてるのに、全然剝《は》がれないじゃんこれ。朝比奈さん、さっきどんな魔《ま》法《ほう》使ってたんだよ。

そうこうしているうち、手元の卵焼き器から徐々《じょじょ》に火災現場みたいな悪臭《あくしゅう》が漂《ただよ》ってきた。

6

数分後。

「まあ、初めてにしては上出来だよ」

朝比奈さんはそう言ってくれたけど、これが上出来なら世の中の卵焼きはもれなく天下一品ということになるだろう。

あの後も卵は全然言うことを聞いてくれなくて、手間取っている間に焦《こ》げてしまい、四苦八苦を経てどうにか皿に移せたそれは、なんだかよくわからない形をした暗黒だった。

「焦げ焦げだ」

「大丈夫《だいじょうぶ》。わたしが初めて作ったのよりはマシ」

「うそ、これよりひどかったの?」

「小学生の時。留守番してる時に作ってみて、妹に食べさせてみたんだけど、妹がそっから三時間くらい唸《うな》ってて」

「まじかよ」

卵焼きでそこまでまずいものが作れるのは、逆にすごい。

「まあでも」

さっき朝比奈さんが作ってくれたふわふわ卵焼きを思い出しながら、僕は続けた。

「最初はそんなんだったのに、今はあんなにおいしいの作れんだね」

僕の言葉を受け、師匠はお箸を持っていない左手の親指を立てる。

「香取くんのレベルアップも、楽しみにしてるね」

「また教えてください、師匠」

「じゃあ今度、家来る?」

「行きたい」

即答《そくとう》して、箸でつまんだ暗黒を一口かじる。病原体みたいな味がして、免疫的《めんえきてき》に咳《せ》き込んだ。

人間界の物質とは思えないこの暗黒卵焼きは、紛《まぎ》れもなく僕自身が作ったもの。

僕の身から出た焦げだ。

朝比奈さんに見つかった、僕の黒い部分。

知らないことを知らないって言えなかったり、できないことをできるふりしてしまったり。

生まれ持った性格はすぐには変わらないだろうし、まるっと変える必要はないのかもしれないけれど。

せめて朝比奈さんの前では、焦げた時には焦げたって言える僕でいたい。

食べ終えてから、丸焦げの卵焼き器をスコッチ・ブライトで必死に擦った。焦げが落ちるまで、結構な時間がかかった。

密着、はじめました

ゆづ

「大変なことになった」

知的なメガネをかけた化学オタクの部長にイケメン顔で言われるまでもなく、それは私も理解していた。

「なにこれ！　どうなってんですか!?」

「騒《さわ》ぐな、唾《つば》が飛ぶ」

冷静なふりをしているが、彼《かれ》が私よりも興奮していることは分かっていた。

一歳《いっさい》年下の可愛《かわい》い後輩《こうはい》と潰《つぶ》れかけの看板を掲《かか》げた化学部の部室で二人きり、しかも両手をしっかりと握《にぎ》り合った状態で見つめ合っている。思春期の男子ならこの上なく興奮すること間違《まちが》いないこのシチュエーションだから——とは全く関係ない意味で。

「ついに……ついに完成したぞ！　これぞ完璧《かんぺき》な瞬間接着剤《しゅんかんせっちゃくざい》だ！」

五年間の研究が報われた！　なんて、そっちこそ唾を飛ばしながら、部長の水上《みずかみ》樹《いっき》先輩はメガネの奥《おく》の目を潤《うる》ませている。

「お、おめでとうございます……」

手を叩《たた》いて祝福したい気持ちはあった。私の入部以前からずっと部長がライフワークにしていた【絶対に剝《は》がれない瞬間接着剤】の研究がついに実を結んだ瞬間に立ち会えたのだから。

さっきだって、二人で大喜びしてハイタッチしたばかりだ。


……そう、接着剤を手にした部長と、勢いよくハイタッチを……。


「いやあああああ！　待って待って待って！　これ、くっついてません!?　手のひら同士がくっついて……えええええええっ！！！」

「そうだ！　もう離れないぞ！　なにしろ、俺《おれ》が作った究極の接着剤だからな！　あーっはっはっはっは！」


笑っている場合か。

泣き笑いの私の頭上で、本日最後のチャイムが鳴り響《ひび》く。

それは校門の閉められる合図だということを、否応《いやおう》なく私に思い出させる。

……これは本当に、大変なことになった。

「……うん。ごめん、急にマチの家に泊《と》まることになったの。今あの子も大変な時期だから、力になりたくて。うん。大丈夫《だいじょうぶ》。じゃあね」

スマホを離した瞬間、ため息が出た。

親に嘘《うそ》をついて外泊《がいはく》の許可だけはとった。とりあえず明日の朝まではなんとか時間を稼《かせ》いだことになる。

窓の外の暮れゆく初夏の空を眺《なが》め、今が暑すぎたり寒すぎたりする時期でなくて良かったとしみじみ思う。雑魚寝《ざこね》をしてもとりあえず風邪《かぜ》をひくことはないだろう。

後の問題は――。

「ああ、すごいな俺の接着剤は！　こーんなに振《ふ》り回しても剝がれないぞ！」

困っていると見せかけて、顔面中に溢《あふ》れる喜びが隠《かく》しきれていないお茶目な部長のテンションの高さだ。子供のように無邪気《むじゃき》にブンブンと繫《つな》がった手を振り回すから、こっちの肩《かた》が痛い。

「困ったな、田宮くん。剝がれないよ、これ！　ねえ！」

「はい……」

恋人《こいびと》のようにしっかりと握られた部長の右手と自分の左手を見て、私は複雑な気持ちになる。


……私は昔から、イケメンが好きだった。

あれは忘れもしない高校の入学式の日のこと。部活勧誘《かんゆう》をしていた部長の笑顔《えがお》にキュン死にし、何部であるかも分からないまま入部届にサインをしてしまった私は、それ以来、部長の助手として約一年、彼の研究に付き合ってきた。

その成果が、この【絶対に剝がれない瞬間接着剤】だ。

念願の夢を叶《かな》えて大喜びする部長は、私と二人きりでいることなど意にも介《かい》していないだろう。それがちょっぴり悔《くや》しい。

「部長、それよりどうします？　剝がそうとしている間に校門閉まっちゃいましたよ。私たち、学校に閉じ込められちゃったんですよ！　トイレはどうすれば？」

「そんなの我慢《がまん》すればいい」

実際のところ、剝がそうと努力していたのは私だけだ。部長はそんな私の行動に、「無駄《むだ》よ、無駄無駄ア！」と高笑いするばかりだった。

「本当にいいんですか？　私と朝まで……二人きりなんですよ？」

私はドキドキしながら上目遣《うわめづか》いで尋《たず》ねる。

「まあ、いいじゃないか田宮くん」

部長はそんな私に余裕《よゆう》のある瞳《ひとみ》で微笑《ほほえ》みかける。

「この効果がどこまで続くか、一晩かけて検証することができるんだぞ」

ああ……と私は眩暈《めまい》を起こす。

私、この人を好きでいて本当にいいのだろうか。

「接着剤を剝がす方法は大きく分けて三つある。一つ目は機械的剝離《はくり》。二つ目は化学的剝離。三つ目は物理的剝離だ」

機械的剝離というのは要するに、力ずくで切ったり削《そ》いだりして剝がすことだ。

部長がプルプルした手でカッターを手のひらの接合部に近づけるのを私が必死で止め、この方法はすぐに諦《あきら》めた。

「利《き》き手が使えないと厄介《やっかい》だな」

部長はこの時初めて少し困った顔をした。

化学的剝離は、シンナーやアセトン（除光液に含《ふく》まれる成分だ）やアルコールなどの化学薬品を使って剝がすことだ。

化学オタクの部長が言うには、他にもシアノアクリレート系やらベンジンなどの石油系溶剤《ようざい》やら界面活性剤を含むアルカリ性の洗剤液やら有効な薬品はあるらしいが、高校の化学部が使えるものといえばごく限られている。

「さあ、どれからぶっかけようか」

かき集めた薬品を並べ、部長は不気味に口角を吊《つ》り上げている。

「部長が作った接着剤なんだから、どの成分に弱いか分かっているんじゃないですか？」

「もちろんだ。だが、学校《ここ》にはない薬品も使ったし、この中で有効なものがあるのかどうか試《ため》したい」

選び取ったアルコールランプを、やはりプルプルした手で傾《かたむ》ける部長の目は嬉々《きき》としていてちょっぴり怖《こわ》い。

次々と薬品を試したが、結局どれをかけても接着剤は剝がれず、私の手が少しヒリヒリしたのと「すごいぞ、どうだ俺の接着剤は！」と部長をますます鼻高々にさせただけの結果となった。

最後の手段の物理的剝離は、熱したり冷ましたりして接着剤を溶《と》かす方法。

「熱めのお湯にどれくらい耐《た》えられるかが問題だ」

さっきのアルコールランプでビーカーを温めながら、部長が難しい顔をして言う。

メガネのレンズが炎《ほのお》を映して、瞳までキラキラしている。

私は部長の真剣《しんけん》な顔に弱い。

「部長。私……どんなに熱くても耐えますから！」

「え。何言ってるんだ田宮くん。耐えられるかどうか心配なのは、俺が作った接着剤のことだよ」

耐えてくれ、と優《やさ》しい眼差《まなざ》しで自分の手に呼びかける部長。

接着剤に嫉妬《しっと》したのは、これが初めてだ。


「剝がれませんね……」

熱めのお湯に手だけ入浴させることおよそ十五分。

部長の作った接着剤は、ふやけた指にもまだしっかり対応していた。

「もう一度石鹼《せっけん》と除光液を試そう。本当はシンナーも試したかったんだが……」

部長の独り言にもさすがに飽《あ》きがくる。

部長の目には私なんて一ミリも映っていないのだ。入部した頃《ころ》から、それは分かっていた。部長目当てで入部した女子は他にも十人くらいいたけど、みんな三ヶ月もしないうちに諦めて退部していった。残ったのは私だけ。

化学と科学の区別もつかない文系の私が、どうしてここまでやってこれたのか、自分でも不思議だけど――もうやめようかと思うたびにふと思い出すのは、私の入部届を見た時の部長の眩《まぶ》しい瞳の輝《かがや》きだった。

「田宮あすかさん……素敵《すてき》な名前だ」

部長は私に向かって、優しく微笑んでくれた。そして、両手を握りしめて、

「歓迎《かんげい》するよ。一緒《いっしょ》に頑張《がんば》ろう」と言ってくれた。

私だけ、特別に歓迎してくれている――そんな気がした。

あの時、恋の風が上昇《じょうしょう》気流になって、私を舞《ま》い上がらせたのだ。

「……どうした、田宮くん。元気がないな」

不毛な恋だと知っていても、離れられない。

時々、部長がこうして私に気づいてくれるから。

「なんでもありません、ちょっとお腹《なか》が空《す》いただけ」

笑顔でごまかすと、部長は熱いお湯から手を抜《ぬ》き出して言った。

「それじゃ、行こうか」

「行くって、どこへ――」

「食料調達だ」

部長はそう言うと、私を職員室の隣《となり》にある給湯室へと連れて行った。一畳《いちじょう》ほどの小さなスペースに、湯沸《ゆわ》かしポットと電子レンジ、湯呑《ゆの》みなどが入った食器棚《だな》、そして来客用に出す麦茶などが入った小さな冷蔵庫が置いてある。

学校に潜《ひそ》んでいることがバレないよう、電気はつけずに中に入る。

「食料なんて、本当にあるんですか？」

「あるはずだ。体育教師の杉本《すぎもと》が大の牛丼《ぎゅうどん》好きなのを知っているか？　奴《やつ》はトッピングに必ず生卵をのせるんだ」

冷蔵庫を開けると光の帯が床《ゆか》に流れた。中には確かに部長の言う通り、十個入りパックの生卵が入っていた。

「店で頼《たの》むと一個六十円だからな。これだけは節約して自分で用意しているんだ」

「へえ～」

部長はパックの中から生卵を二つ拝借すると、そっと制服の胸ポケットに入れた。残念ながら、他には調達できるものがなく、冷蔵庫を閉める。

「行くぞ」

「次はどこへ？」

「調理室に決まっている」

まさか部長は、お腹を空かせた私のために、研究を中断してお料理を？

意外な優しさに胸がキュンとする。部長が作ってくれるなら、目玉焼き一個でも
ご馳走《ちそう》だ。

暗い調理室に着くと、部長は真っ直ぐに冷蔵庫へ向かった。ここでも何かないかと探《さぐ》ったけど、見つかったのは未開封《みかいふう》の生クリームのパックが一つだけ。しかも、今日でちょうど賞味期限切れときた。クッキング部の忘れ物かもしれない。

「卵と生クリーム……これで何か作れますかねえ？」

「それだけじゃない。塩と砂糖と氷もあるぞ。調理器具もあるし、俺たちは運がいい」

部長は何か思いついたのか、キラキラした瞳で私に言った。

「よし、アイスクリームを作ろう」

「ええっ!? アイスクリームなんて、本当に作れるんですか？」

キンキンに冷えたアイスクリーム。それは確かに魅力的《みりょくてき》だ。夏の足音が聞こえ始めた六月の夜に、部長と食べる秘密の甘《あま》いアイス……。

想像するだけで頬《ほお》がとろける。

でも、いくら氷があるからって、いきなりは冷えない。冷凍庫《れいとうこ》に入れて二、三時間は待たなくてはいけないのではないだろうか。私が疑問を口にすると、

「そんなに待つ必要はない」

部長はそう言って部室を出る時に持って来ていたカバンの中から、飲みかけの水のペットボトルを取り出した。

「どうするんですか?」

「ちょっと押《お》さえていてくれ。蓋《ふた》を開ける」

二人で協力して蓋を開けると、部長は残りを流しに捨て、水道でよく中身を洗い流した。

次に部長は、ボウルに生卵を二つ、片手で器用に割って落とし入れる。

化学にしか興味がないはずの部長の意外な姿にドキドキしてしまう。

すると部長は、さっき作った空のペットボトルの中心部を握って凹《へこ》ませ、飲み口の部分を卵の黄身に近づけた。

「えっ？　な、何してるんですか？」

「これで卵の黄身と白身を分けるんだ」

部長が手を緩《ゆる》めると、まるでスポイトのように黄身だけがペットボトルの中に吸い込《こ》まれた。部長はそれを金属のボウルに移す。

なんだか、科学の実験を見ているようだ。

卵の黄身と砂糖を泡立《あわだ》て器で混ぜるのは、利き手が使える私の役目だった。もったりするまで混ぜた後、生クリームを投入。空気を含ませながらとろりとするまで混ぜた。

部長は隣で、別のボウルに大量の氷を入れた。そこになんと、塩をふりかける。

「えっ？　塩、そっちに入れるんですか？」

私は驚《おどろ》いて目を丸くする。

「通常、氷はすぐには溶けない。だが塩を入れるとすぐに溶けるんだ。氷は溶ける時に周りの空気の熱を奪《うば》っていく性質がある。ただの氷の時にはマイナス二度前後でも、氷三の割合に塩を一で足せばおよそマイナス十八度から二十度前後に冷えるんだよ」

「すごい……」

早くも溶け出した氷の上に、私は慌《あわ》てて金属のボウルをのせる。

「田宮くん、危ないからミトンを使え。今度はボウルから指が離れなくなるぞ」

「はい！」

私と部長はミトンを空いている手に装着し、ゴムベラを使ってアイスをかき混ぜる役とボウルが動かないように押さえる役を交代しながらアイスを作り上げた。


おそらく、五分から十分もしないくらいでアイスは端《はし》から固まり始め、美味《おい》しそうな見た目に変化した。

「すごいです、部長！　かっこいい……」

「なに、大したことはない。それより早く」

「はい、食べましょう！」

私はスプーンを探しに行こうとした。すると。

「いや、そうじゃなくて。接着剤が冷却《れいきゃく》にも強いか確かめるんだろ」

部長は真顔でアイスクリームの入ったボウルをコンコンと叩いた。


……やっぱり目的はそっちでしたか。

「ごちそうさまでした」

初めての二人きりの共同作業を終え、お腹も満たされた私は満足してため息をついた。

アイスのボウルはすっかり空になったので、後で洗わなきゃと思いつつ、まったりとした空気に抗《あらが》えず、調理室の床に足を投げ出して壁《かべ》に背をもたれさせている。

月が本格的に光り始めたのを正面の窓で知る。

部長の手は、まだ私から離れない。

冷やしても剝がれない瞬間接着剤の威力《いりょく》に満足したのか、私の隣で部長もようやく一息ついているように見える。

「部長……ふふっ。口元にアイス付いてますよ」

「えっ」

左手ですくったからな、と慌てる部長は年相応の普《ふ》通《つう》の男の子みたいで可愛かった。

「……しまった。ハンカチが右のポケットに入ってる。田宮くん、悪いが君が拭《ふ》き取ってくれないか」

「は、はい」

私はドキドキしながら部長のポケットに手を入れ、ハンカチを取り出した。

「し、失礼します……」

部長の美しい瞳が安堵《あんど》したように閉じられ、無防備な唇《くちびる》の凹凸《おうとつ》が私の胸をさざめかせる。

今、部長とキスをしたら二人とも甘いアイスの味がするんだろうな。

ふと浮《う》かんできた自分の考えに、ぽっと体が熱くなる。

……余計なこと考えちゃダメ。

でも、ほんのちょっとだけでもいいから、私のことを意識してほしい。

部長の唇に、ハンカチ越《ご》しに指でそっと触《ふ》れる。

直接触《さわ》りたい気持ちをぐっと調理室の暗闇《くらやみ》に押し込んで、アイスを拭き取った。

「……田宮くん」

その時、部長の瞳が細く開いた。

「……君もようやく、好きになってくれたか……？」

「えっ？」

君もようやく好きに……って、まさか、部長もずっと前から私のことを……？

――なんて、そんなはずがない。

「……化学のことですか？」

私は自虐《じぎゃく》の笑みを浮かべた。案の定、部長は頷《うなず》く。

「化学は科学の一部だ。この世界は科学に溢れている。さっきの料理もその応用だ。面白《おもしろ》いと思わなかったか？」

「面白かったです」

私は即答《そくとう》した。実際、面白かった。部長に教わったからじゃなくても、きっと面白いと思っていたに違《ちが》いない。

「そうか。良かった。田宮くんが少しでも科学に興味を持ってくれたのなら、俺は本望だ」

部長の笑顔は月の光よりも優しい。

部長はずっと、私が本当はそんなに科学に興味がないことを見抜《みぬ》いていたらしい。それでも何も言わず、見守ってくれていたのだと知る。

「部長は……どうしてそんなに科学が好きなんですか？」

「……俺の両親は開業医でな」

部長は遠くを見つめて語り出す。


「幼い頃から忙《いそが》しい両親にかまってもらえず、ずっとひとりぼっちだった。するとある日、リビングに大量の図鑑《ずかん》が置かれ始めたんだ。一人でも退屈《たいくつ》しないように、頭のいい子に育つようにと親は願ったんだろう。俺は全ての図鑑を読んだが、その中でも一番好きだったのが『科学の実験』という図鑑だった。科学を使った工作をするのに夢中になり、プラモデルやミニ四駆《よんく》にも没頭《ぼっとう》したよ。接着剤に興味を持ったのもその頃からかな」

「……部長らしいですね」

小さな子供の部長が、せっせと接着剤でプラモデルを作り上げているところを想像して微笑ましくなった――その時だった。

「本当に夢中だった。工作していれば、両親の喧嘩《けんか》の声も耳に入らないくらいに」

部長の言葉に、私の笑顔が消えた。思わず部長を凝視《ぎょうし》する。

「俺の教育方針のことで意見が割れていたらしい。それから三年で二人は離婚《りこん》した」

言葉が出なかった。

信じられなかったのだ。いつも明るい部長にそんな過去があったなんて。

「人の心も、接着剤で簡単に修復できたらいいのにな。心は一度離れたら、もう二度とくっつかないものらしい」


胸の奥が締《し》めつけられた。


……壊《こわ》れないで。

泣きながら接着剤を握る、小さな背中が脳裏《のうり》に浮かぶ。

どれだけの孤独《こどく》を、その背に刻んできたのだろう。

私はそっと左手を見る。

部長と繋がった手。

この【絶対に剝がれない瞬間接着剤】は、部長の願いそのものだ。

「……くっつきますよ」

私は涙《なみだ》をこらえ、力強い笑みを浮かべた。

「こんなに強力な接着剤があったら、誰《だれ》だってもう離れられません。喧嘩してたって、科学に興味なくたって、絶対に誰も、部長から離れられないですよ」

部長は細めていた目を丸くして私を見た。

「私も離れません。ずっとずっと、部長と一緒です」

部長の口元が少しずつほころぶ。やがていつもの明るい笑顔で、部長は私の頭に優しく左手をのせた。

「ありがとう……田宮くん」

お礼がしたくなった、と言って、部長は私を部室に連れ帰った。


どんなお礼なのか想像がつかなくてドキドキしたけど、部長が手にしたのは薄《うす》い紙とハサミとペン、そして15Wの白熱灯電球だった。

「紙を押さえるの、手伝ってくれないか」

「はい」

言われるがままに、私は部長の工作に手を貸す。

出来上がった形は屋根のついた灯籠《とうろう》のようなものだった。

側面にはペンで書いたいくつもの点があり、屋根の部分にはくの字に切り込みが入り、その部分が内側に折り曲げられて三角形の穴があいている。

部長はそれぞれに作った屋根と胴体《どうたい》を接着剤で接合し、胴体の内側に立てた電球を屋根で覆《おお》った。

「これは何なんですか?」

「回り灯籠《どうろう》――いわゆる、走馬灯というものだ」

走馬灯とは影絵《かげえ》が回転しながら映るように細工された灯籠のことだ。イメージはあるけど、実物は見たことがない。

「回るっていうことは、動力源があるんですよね。でも、どうやって?」

「まあ、見ていろ」

部長は自信ありげに微笑み、灯籠を壁際《かべぎわ》に置いて白熱電球をつけた。

最初は何も起こらなかった。近くの壁に反射したのは、胴体に書いてある黒い点の影だけだった。

でも、三十秒くらい待った時、それが真横に動いたような気がした。

ゆっくりと、だんだんと、速く。

壁や天井に現れた無数の星が、流れていく。

まるで銀河の中の方舟《はこぶね》に乗っているかのようだ。

「すごい……!　どうして回ってるんですか?」

「電球の熱で暖められた空気が上昇気流となって屋根の内側のフィンを通り抜け、風車のように回すんだ。初歩的な科学だよ」

電球のほの明るい光に照らされて微笑む部長の横顔がとても綺麗《きれい》で、私は息を飲む。

この果てしない宇宙は、部長が作った私と部長だけのものだ。

……なんてロマンティックなんだろう。

感動に胸が震《ふる》え、部長と繋いだ手が熱くなった。

「部長……私、科学のことが好きになりました」

「本当か？」

「はい！　だから……これからも科学のこと、いっぱい教えてください」

部長は嬉《うれ》しそうに頷いた。

「良かった。入部届の君の名前を見た時から、君には絶対科学を好きになって欲《ほ》しいと思っていたんだ」

私は当時の部長のキラキラした瞳を思い出した。

「……どうしてですか？」

部長は照れたようにはにかみながら答えた。

「タミヤは俺の大好きなミニ四駆のメーカーで、アスカはよく通っていたプラモデル屋の屋号だ」


その夜、私と部長はいつまでも回る星を見ながらいつのまにか眠《ねむ》っていた。

そして翌朝になり――私は部長と手が離れていることに気づいた。

「お互《たが》いの熱と汗の水分を長時間与《あた》えた効果によるものだろう」

部長はいい研究ができたと言って喜んでいた。

調理室でベタベタのボウルが見つかった事件と給湯室で杉本先生の卵が二つ盗《ぬす》まれた事件は、少しの間学校中を騒がせた。だが犯人が名乗り出なかったため迷宮《めいきゅう》入りとなった。

あの夜、調理室で科学の実験が行われていたなんて、きっと誰も思わなかったに違いない。

私はその後も相変わらず部長にくっついて、化学部で毎日楽しく実験を繰《く》り返している。

「部長、今度はもっと強力なやつ作りましょうよ！　その名も、【一度くっついたら身も心も離れない、超《ちょう》強力瞬間接着剤】です！」

「身も心もって……心なんて、どんな成分で出来てるのか分からないだろう」

部長は呆《あき》れたように笑いながら私を見つめる。

「……それに、もうそれは完成してる」

「え？　なにか言いました？」

小声でなにか呟《つぶや》いた部長に尋ねると、彼は心なしか赤い顔でわざとらしく大きな咳払《せきばら》いをし、居住まいを正した。

そしていつものキラキラした瞳でテーブルの上の薬品を眺めて言う。

「さあ、実験を始めよう」

積恋スタンプラリー

池田春哉

1

あ、かわいい。

朝の予鈴《よれい》で目覚めた榊原《さかきばら》くんは大きく口を開けて欠伸《あくび》をした。

ふたつ隣《となり》の席に座《すわ》る彼《かれ》の頰《ほお》にえくぼを見つけて私は口元を緩《ゆる》める。

彼はまだ覚醒《かくせい》していないらしく目元はとろんとして覇気《はき》がない。机で突《つ》っ伏《ぷ》して眠《ねむ》っていたせいで額には薄《うす》く跡《あと》がついていた。前髪《まえがみ》も数本変な方向にはねている。

こんなに騒《さわ》がしい教室でよく眠れるなあと思いつつ、机の中から二つ折りになった紙を取り出す。それから筆箱の中のスタンプのキャップを開けた。

開いた紙にはマス目が印刷されており、その半分以上が赤い丸印で埋《う》められている。ずらりと並ぶ赤インキの最後尾《さいこうび》に、私はスタンプを押《お》した。

とん、と天板に触《ふ》れたスタンプが音を立て、新しい赤い丸印を白いマス目にのせる。

そうして今日もまたひとつ、私は自分の気持ちを積み上げていく。

「おっはよー」

軽やかな声とともに、私と榊原くんの間、つまり私の隣の席に鞄《かばん》が置かれた。計ったかのように彼女《かのじょ》はいつも予鈴直後に教室に入ってくる。

「おはよ、夏奈《かな》」

「や、今日もかわいいねえ都子《みやこ》は。……お」

私が机にしまいかけていた二つ折りの紙を見つけて、夏奈はにやりとした。見つかる前に隠《かく》そうとしたが遅《おそ》かったか。

「ほんと、かわいいよねえ」

「うるさいなあ」

ちらちらと私と榊原くんを交互《こうご》に見てにやにやしている。

彼はまだ眠そうで、夏奈の視線には気付いていなさそうだ。よかった。

「ほら、はやく座りなって。ホームルーム始まるよ」

「あら座っちゃっていいの?」

「いいに決まってるでしょ」

ようやく夏奈は自分の席についた。口元には楽しそうな笑《え》みがかすかに残っている。

小さくため息をついて、私はスタンプのキャップをしめる。さっき押し込《こ》んだスタンプシートが机の中でかさりと音を立てた。

「順調？」

「うん。半分越《こ》えた」

「お、いいペースじゃん。二次関数のグラフ並みだね」

「理系脳すぎてよくわかんない」

私の言葉は無視して、夏奈は満足げに頷《うなず》いた。私以外に彼女だけがこのスタンプの意味を知っている。

夏奈はこちらにぐいと顔を寄せて、声を潜《ひそ》めた。

「はやく恋《こい》できるといいね」

全力にやにや顔を片手で振《ふ》り払《はら》うと、チャイムが鳴った。扉《とびら》が開いて担任が教室へ入ってくる。

ホームルームの最中、私はちらりと隣を見た。

夏奈の横顔の向こうにいる彼。榊原くん。

私は、彼に恋がしたい。

2

「なにしてんのー?」

「わお」

視界の端《はし》から突然《とつぜん》にゅっと人の顔が現れて、私は思わず声を漏《も》らす。さっきまで教室には誰《だれ》もいなかったので完全に油断した。

「なんだ夏奈かあ。びっくりしたあ」

「こっちもまさか海外ドラマみたいな驚《おどろ》き方されると思ってなくてびっくりだよ。で、なにその紙切れ」

「言い方ひどい」

私の言うことなんて聞きもせず夏奈は机の中でこっそり広げている紙に興味津々《きょうみしんしん》だ。この子は昔から何かと目ざとい。

しばらく動かずにいたが、どうやら夏奈に立ち去る気はなさそうなので私は小さくため息をついて降参した。

「夏奈さ、榊原くんって知ってる?」

「さすがに隣の席くらいは」

「なんかかわいくない？　仕草とか」

「そうかねえ。てか、え、それってもしかして」

「うん。だから恋したいんだよね」

「……ん？」

夏奈はきらきらと輝《かがや》かせていた目の照度を急に落とした。少しの間、右上を向いて思考をめぐらせる。

「……えっと。かわいいって、つまりそういうことじゃないの？」

「かわいいはかわいいでしょ」

「おおぅ」

おかしな声を出して首を傾《かし》げる夏奈。何か変なことを言ってるだろうか。

「かわいいじゃなくて好きになりたいの。恋がしたいのよ」

「恋はしたいんだ」

「恋しないと告白できないでしょ」

「ぅおう」

また夏奈は変な声を出した。付け加えるように「そこはグイグイいくのね」とさらに不思議そうな表情を浮《う》かべる。

「でもさあなんて伝えたらいいのかよくわかんなくて」

「好きです、でいいじゃん」

「しっくりこないんだよね、それ。好きなとこはあるけど、なんか違《ちが》う感じっていうか。そもそも恋って何？　とか色々考えてるうちによくわかんなくなってきてさ、いっそもうこっちが決めちゃおうかなって」

「はぁ」

「だからコレ作ったんだ」

私は机から出した二つ折りの紙を開いて見せた。

真っ白な紙面にはマス目が描《か》かれており、そのマスのいくつかには赤丸のスタンプが押されている。

「榊原くんの好きなところを見つけたらこのマスに一個スタンプを押すの。全部で百マスあるから、これが全部埋まったら私はちゃんと恋してると思うんだよね」

恋の定義は曖昧《あいまい》だ。どこからが恋で、どこからが恋じゃないのか。誰にもわからない。

それなら私の恋は私が決めよう。

この紙は私の心。このスタンプは彼への気持ち。

この白いマスがすべて赤く染まれば、恋心の完成だ。

「へぇ」

「ちょっと、ちゃんと聞いてる?」

「聞いてるよ。推《お》したら押すんでしょ」

「聞いてたのね」

夏奈は私が広げているスタンプシートと私の顔を交互に見る。

それからうんうんと何度か頷き、にっこりと笑った。

「都子ってほんとかわいいよね」

「いやかわいいのは榊原くんなんだって」

3

どうやら今日の榊原くんはいつもよりお腹《なか》が空《す》いていたらしい。

彼は四時間目が終わるなりお弁当をかき込むように頬張った。さっきの授業が体育だったせいもあるかもしれない。

パンパンに頬を膨《ふく》らませて口を動かす榊原くんはまるでハムスターのようで、けれど顔にはいつもの気怠《けだる》さが浮かんでいて、そのギャップが愛らしさを倍増させる。私はつい自分の箸《はし》を止めて見入ってしまった。その際、視界にどうしても入り込んでくるにやにや顔は見えないフリをする。

「おーい、みやこー。おーいおーい」

「今見えないフリしてるんだから存在感出さないで」

席に座ったまま頭をぐらんぐらんと左右に揺《ゆ》らして、このクラスで一番の親友は私の恋路を塞《ふさ》いでくる。

今ここで私の中に眠る透視《とうし》能力が覚醒しないかと期待したがそう都合よくはいかないので引き続き見えないフリをした。

「ねえ見えてるんでしょ。わたし知ってるんだから。ねえねえ」

「霊感《れいかん》ある人に話しかけてくる幽霊《ゆうれい》みたく言わないで」

「え、都子って幽霊とか見える系？」

「幽霊も隣のかまってちゃんも見えません」

昼休憩《ひるきゅうけい》に入り、お弁当を食べ終えた彼が席を外したのを見計らって私はスタンプを押した。

とん、と指先で音がして、またひとつ私の想《おも》いが積み上がる。

気付けば全体の四分の三あたりまでスタンプが敷《し》き詰《つ》められていた。一日に何個か押すときもあるので思ったよりマス目が埋まるスピードが速い。

もうすぐ完成だ、という気持ちとともに、どこか焦《あせ》りのような気持ちもあった。

「どうしたの、都子」

「え、なにが？」

「三平方の定理でも考えてるような顔してたから」

「理系脳だねえ夏奈は。でもそんな簡単な問題じゃないよ」

「ウソでしょ。あの三平方の定理を雑魚《ざこ》扱《あつか》いって。あ、じゃあもしかして帰納法？」

夏奈は首を傾げる。

残念ながらこれはもっと文系的な話だ。

「答えがあるのかないのかわかんないって話よ」

「あー『解なし』ってこと？　答え出すために頑張《がんば》って計算してたのに『解なし』って冷めるよね」

「いや知らんけど」

私は手元のスタンプシートを見つめた。

もうすぐ私の心は赤色で埋め尽《つ》くされる。もうすぐ、私は彼に恋をする。
そのはずなのに、私の気持ちは何ひとつ変わっていないのだ。
榊原くんは今日も素敵《すてき》だった。
その気持ちは間違《まちが》いなくここにある。
けれどそれが膨らんでいるかといえば頷くことはできない。日々積もり積もって
いくスタンプのように、私の気持ちもどんどん高まっていくものだと思ってたのに。
このままじゃマス目の埋まるスピードに私の心が取り残されてしまう。
定義付けが間違ってたんだろうか。
百個じゃ足りなかった？　いやでも、それなら。
いくつ彼の好きなところを見つければ、私は恋をしてるって言えるんだろう。

4

今日も榊原くんはかわいかった。だから私は赤いスタンプを押す。

もう赤丸を数えるより白いマスを数えるほうが圧倒的《あっとうてき》に早い。残り二マスだ。

「あとちょっとじゃん」

まだ教室に残っていた夏奈はにやにやしながら私の机を指差す。

放課後を迎《むか》え、ほとんどみんな帰っていたので私は堂々と机の上にスタンプシートを広げていた。

夏奈の言葉に私は頷く。そう、あとちょっとだ。

「そうだね」

「あれ。どうしたの、都子」

「なにが？」

「恋する乙女《おとめ》の顔じゃないみたいだけど」

私の顔を覗《のぞ》き込むようにしながらそう言うので、私は顔を隠すように片手で鼻と口を覆《おお》う。「わかりやすいなあ」と夏奈は苦笑した。

「なんかあったの？」

「ううん、むしろなんにも起こってない。無事故無違反《むいはん》」

「平和じゃん」

「そうなんだけどさあ」

夏奈の言う通り、今日も私の心は平和そのものだ。決してそれが悪いというわけじゃない。けど。

さっき押したばかりの赤丸をじっと見る。

人差し指で端に触れてみるとインクが擦《す》れて滲《にじ》んだ。正円が削《けず》れて汚《きたな》い。

「なにか起こると思ったんだよね。百個集めれば」

「なにかってなによ」

「甘酸《あまず》っぱい、青春っぽい、なにか」

指先についたインクを親指で挟《はさ》むように擦《こす》った。ぎゅっと伸《の》ばされたインクが徐々《じょじょ》に薄れて消えていく。

こんなに簡単に消えてしまうものなのか、これは。

「ほんとかわいいよねえ都子は」

がた、と椅子《いす》の脚《あし》が床《ゆか》を叩《たた》く音がした。

夏奈が私の前の席の椅子を引き、足を広げて後ろ向きに座る。さっきまで隣に座っていた彼女が急に目の前に現れて私は思わず顔を上げた。

「――けど、鈍《どん》くさい」

真っ直ぐに私と目を合わせる夏奈はにやにやしていなかった。

「ねえこれ貸して」

「え、ちょっと」

「いいから」

私の筆箱から夏奈は勝手にスタンプを摘《つ》まみ上げる。それから反対の手で私のスタンプシートを引き寄せた。ずらりと並んだ赤丸を彼女は見つめる。

「コレさ、最初は都子なりに勇気出すための儀式《ぎしき》なのかなーって思ったから何も言わなかったんだけどね。それが逆効果なら教えてあげる」

とん、と音がした。

夏奈がマス目の外に私のスタンプを押す。赤い丸印がひとつ紙の上に置かれた。けれど彼女の手は止まらない。

「気持ちはインクじゃないんだよ」

とん、とん、とん、と彼女は最初のスタンプを取り囲むようにリズミカルにスタンプを押していく。その音が、加速する。

「こころは紙切れじゃないし、容量は百個じゃない」

中心に折り目のあるシートの端に幾重《いくえ》にも赤丸が重ねられる。

積み重なって、溶《と》け合って、新しい形が出来上がっていく。

「都子はよくわたしのこと理系脳って言うけど、わたしからしたら都子のほうがよっぽどだね」

「え、どこが」

「気持ちは定義付けできないの」

夏奈の言葉が突き刺《さ》さる。少し痛くて、ほんのりあたたかい気がした。

「感情ってほんと複雑なのよ。数式で筆者の気持ちはわからないし、図解で説明できるもんでもない。それが恋愛《れんあい》とかになればもう大変」

「どういうことよ」

「百個好きならどうとか、そういうんじゃないってこと。千個好きでもよくわかんなくなるし、一個好きなら一億好きでも敵《かな》わなかったりする」

夏奈はスタンプのキャップをしめた。もう用済みと言わんばかりに私の筆箱に戻《もど》す。

彼女の手元を見れば、何度重なったかわからない赤いインクがひとつの大きなハートマークを描いていた。

「恋はスタンプラリーなんかじゃないんだよ、都子」

すう、と息を吸った。放課後の空気で肺がいっぱいになって胸が少し膨らむ。

それから私はその空気を全部一気に吐《は》き出した。

「はぁ～～そういうのはもっとはやく言ってよ、夏奈ぁ」

「いやぁつい見てると面白《おもしろ》くて」

「最後まで耐《た》えられなくなったくせに」

「だってもどかしいんだもん。はやく次いこうよ」

向かいに座った親友は「青春は待ってくれないぞっ」とにやにや顔を浮かべた。

どの口が言うのかとも思ったが、その言葉に納得《なっとく》はできた。いつまでも私が彼のふたつ隣の席にいられるわけでもないんだよね。

「でも私の恋くらい私のペースでやらせてよ」

「そりゃあいいけど、オーディエンスのことも忘れないでよね」

「見世物じゃないんだけど」

「応援《おうえん》だよ、応援」

夏奈は握《にぎ》りこぶしを小さく掲《かか》げた。

それから「あ、そうだ」と掲げたこぶしをしまった。

「さっきはああ言ったけどさ。恋に定義はなくても解はあると思うよ」

「解？」

「だってコレは本物なわけでしょ」

両手で頬杖《ほおづえ》をついた夏奈は私の机の上をちらりと見た。

彼女の手に包まれるようにのった顔にはさっきまでのにやにや顔ではなく、やわらかい微笑《ほほえ》みが浮かんでいる。

「都子は榊原くんのこと好き？」

夏奈は私にそう問いかけた。放課後の空気が揺れる。

私は少し考えた。考えて、考えるようなことでもないと気付く。

視線を落とした。私が今まで積み上げてきた赤色が目に入る。

「夏奈って私のこと好きだよね」

「ん？　まあね」

「私の好きなとこ何個知ってる？」

「可愛《かわい》い。可愛らしい。愛らしい」

「一個ね」

私は口角を持ち上げる。

恋にバロメータはない。だから比べようもない。比べるようなものでもないのかもしれない。

まだ自分の気持ちははっきりしてない。もやもやとして摑《つか》みどころのない答えを私はまだ捕《つか》まえられずにいる。

——それでも。

これだけは胸を張って言えるんだ。

「私は榊原くんの好きなとこ、九十八個知ってるよ」

そう告げて立ち上がると、夏奈は呆然《ぼうぜん》としてこちらを見上げた。机の上にあるほとんど赤色のスタンプシートを拾い上げる。

私はその紙切れを両手でぐしゃぐしゃに丸めてゴミ箱へ放り投げた。

5

「あれ、まだやってたんだそれ」

予鈴が鳴った直後、隣の机に鞄が置かれた。

小さく首を傾げた夏奈の視線は私の手元に注がれている。

「うん。実は復活したの」

「晴れてラブラブカップルになったのに?」

「だから新章突入ってとこね」

さらに首の角度を深くしながら夏奈は席についた。その向こう側では榊原くんが机に突っ伏して眠っている。

私たちの会話は聞こえてないだろうか。悪い話ではないけどちょっぴり気恥《きは》ずかしい。私は少し声量を落とす。

「今までは告白を目標にしてたけど、それが叶《かな》ったら終わりってわけじゃないことに気付いたの。むしろここからが大変でしょ」

「育《はぐく》まなきゃだもんねえ」

「そういうこと」

夏奈の言葉に私は大きく頷いた。でも実はそれだけじゃない。もっと単純な話だ。

彼の好きなところを見つけるのは楽しかった。

彼の素敵なところを数えると胸がときめいた。

スタンプをひとつ押すたびに私は彼に惹《ひ》かれていく。理由は説明できないけど。

「ふーん。で、百個集まったら今度はなにするの？」

「いやあそれはさすがに言えないよ」

「ま、まさか青春する気じゃ……」

「ふふふ」

「ぎゃー！」

夏奈が大袈裟《おおげさ》に驚いたせいで、隣の榊原くんがゆっくりと上体を起こした。大きく口を開けて欠伸をした彼は眠そうな目で時計を確認してから、その瞳《ひとみ》をこちらに向けた。

おはよ、と私が口パクで伝えると、彼は薄く笑ってひらりと右手を上げる。

それだけで胸の奥《おく》が跳《は》ねて、顔が熱くなる。

「おーい、みやこー。おーいおーい」

「今いいとこなんだから存在感出さないで」

「なんだか邪魔《じゃま》しなきゃいけない気がして」

「なによそれ」

そうこうしている間に榊原くんは再び夢の世界へと戻っていた。

ほんとよく眠れるなあ、と思いながら私は持っていた二つ折りの紙を開いた。そして筆箱の中からスタンプを取り出してキャップを開ける。

「かわいいねえ都子は」

にやにやする親友を無視して私はスタンプを押した。

とん、と天板に触れたスタンプが音を立て、新しい赤い丸印を白いマス目にのせる。

そうして今日もまたひとつ、私は彼に恋をする。

ワンス・アポン・ア・タイム

松本みさを

「娘《むすめ》よ、最期《さいご》に選ばせてやろう。お前を食べるのは、100秒後がいいか、100時間後がいいか」

耳まで裂《さ》けた口から赤い舌を覗《のぞ》かせながら、怪物《かいぶつ》は生贄《いけにえ》の少女に決断を迫《せま》ります。

「ただし、待てるのは100日後までだ。100ヶ月後や100年後じゃ、さすがの俺様《おれさま》もしびれを切らしちまう」

「どうして『100』の数字にこだわるの?」

自分の100倍近く大きな身体《からだ》の怪物の姿に、おびえること無く少女は尋《たず》ねます。

「いいか娘、俺様はこんな醜《みにく》いなりをしているが、この国を司《つかさど》る100番目の神だ。この背中の瘤《こぶ》の数も100個だし、この尖《とが》った牙《きば》も100本ある。いわば『100』は、俺様のラッキーナンバーだ。お前を喰《く》う時も、100回よく嚙《か》んで飲《の》み込《こ》んでやるからな。さぁ決めろ。今すぐ楽になりたけりゃ、100秒後にするか?それともまだ喰われる覚悟《かくご》が出来ないのなら、100日後がいいか?」

「『100』の数から選べばいいのね?」

「あぁそうだ。縁起物《えんぎもの》の数字だからな」

「それじゃあ私に、100通りの愛の告白を聞かせて。それが果たされたら、喜んでこの身を差し出すわ」

「なにぃ?!」

「貴方《あなた》が神だと言うのなら、一度公言した約束を、破ったりはしないわよね?」

「……んぁ、あぁ勿論《もちろん》だ」

「それじゃあ聞かせてちょうだい。愛の告白を」

花の様《よう》に微笑《ほほえ》む少女を前に、怪物は頭を抱《かか》える思いでした。何しろ『愛』についてだなんて、今まで考えたことも無かったのですから――


「それでそれで? 二人はどうなったの?」

赤く燃える暖炉《だんろ》の前で、小さな女の子が老婦人から昔話を聞いている。

「怪物はね、『愛の告白』をする為《ため》に一生懸命《いっしょうけんめい》頭を捻《ひね》って考え出して、娘の元を毎日のように訪《おとず》れたの。何も思いつかなくて、ただ娘の前で立ち尽《つ》くしているだけの日もあったけれどね。だけどついに……」

「100回目の告白が、終わってしまったのね」

女の子の顔が曇《くも》る。生贄の少女は食べられてしまうのかと。

「いいえ。100回目を待たずして、77回目の告白の日に怪物は娘にこう言ったの。

『どうやら俺様は、いつの間にか本気でお前を愛してしまったらしい。お前を食べることなんて、もう考えられない』って」

「わぁぁ」

女の子は目を輝《かがや》かせて、悦《よろこ》びの声を上げる。

「二人はきっと、いつまでも幸せに暮らしたのよね？」

女の子の言葉に、老婦人はにっこりと笑顔《えがお》で返す。


「お話をありがとう、ナナおばあちゃん！　また遊びに来るからね」

女の子が去った部屋で一人、老婦人は窓の外を眺《なが》める。雪が少しずつ少なくなってきている。春の訪れももう間近だろう。

夫が冬眠《とうみん》から目覚めるのも、きっと間もなくだ。

77回の愛の告白をしてくれた、愛する夫と過ごせる日々を想《おも》って、老婦人は花の様に微笑むのだった。

喫茶店の紳士

あめ

「こんにちは。今日は風が強いですね」

店内に現れた中島さんは、春物のコートを脱《ぬ》ぎながら、いつもの優《やさ》しい笑顔《えがお》で、挨拶《あいさつ》をしてくれる。

「そうですね。春一番、ですね」

「そういえば、九州では、桜が開花したそうですよ」

「早いですね。こちらは、いつ頃《ごろ》咲《さ》きますかね？」

「どうでしょうね。例年より早い気がします。来月の頭には、咲くんじゃないでしょうか」

中島さんは微笑《ほほえ》みながら、いつもの窓側の席へ腰《こし》を下ろした。

そして、カバンから二冊の本を取り出す。

ビジネス書と小説。

彼《かれ》はいつも、二冊を交互《こうご》に読む。

その方が、早いペースで読み進められるらしい。

私は、サイフォンのアルコールランプに火をつけた。

フラスコのお湯が沸騰《ふっとう》したら、ロートに挽《ひ》きたてのコーヒー豆を入れる。

中島さんは、いつも、コロンビア。
フラスコにロートをセットして、上昇《じょうしょう》したお湯を、へらでかき混ぜる。
火を止めて、フラスコに落ちたコーヒーを、カップに注ぐ。

「お待たせいたしました」
「ありがとうございます」
彼は、いつも丁寧《ていねい》だ。
言葉づかいから、挨拶から、身のこなしまで。
歳《とし》は、四十代くらいだろうか。
皺《しわ》のないスーツとワイシャツ。
落ち着いた色合いのネクタイ。
いつも磨《みが》かれている靴《くつ》。
清潔感があって、上品で、洗練されている。
これが本当の紳士《しんし》。
それに比べて、私の彼氏ときたら。
三つ年下の彼氏、カズとは、同棲《どうせい》して一年経《た》つ。

整理《せいり》整頓《せいとん》が苦手で、私が留守にすると、いつも部屋はぐちゃぐちゃになる。

脱いだものは脱ぎっぱなし。

食べたものは食べっぱなし。

ゴミはゴミ箱に捨てていない。

それで、何度ケンカになっただろう。

中島さんは、絶対にそんなことしないんだろうな。


「ごちそうさまでした」

中島さんは、席を立つ。

「いつもありがとうございます。お気をつけて」

見送ろうとした時、彼は、ふと足を止め、

「ビル・エバンス」


一言漏《も》らした。

「はい?」

「今日のBGMはジャズなんですね」

確かに、店内に流れているのは、ジャズ。

いつもはクラシックのチャンネルにしていたのだが、店長の気まぐれで、今日はジャズのチャンネルに変えていたのだ。

「ジャズ、お好きなんですか?」

「ええ。よく聴《き》いています」

「そうなんですか。私も聴いてみたいと思っているんですが、さっぱり、わからなくて。おすすめありますか?」

「ロバート・グラスパーなんて、どうでしょうか?」

「ロバート・グラスパー?」

「はい。先進的で美しいですよ。では、また」

彼は、笑顔で会釈《えしやく》をして、店を出ていった。

その背中をうっとりと眺《なが》めていると、

「おーい」

店長のミユキが私の背中をつっついた。

彼女《かのじょ》は、高校の時の同級生で、数年前、両親から、この喫茶《きっさ》店《てん》を受け継《つ》いだ。

半年前、仕事を辞《や》めて、ぶらぶらしていた私を雇《やと》ってくれたのだった。

アンティーク調の椅子《いす》やテーブル。

サイフォンで沸《わ》かすコーヒーの香り。

窓から射し込《こ》む、穏《おだ》やかな光。

懐古的《かいこてき》な雰囲気《ふんいき》が評判のお店で、何度か、タウン誌に掲載《けいさい》されたことがある。

「なに?」

「また、見とれちゃって」

あきれたように、ミユキは息を吐《は》く。

「だって、素敵《すてき》すぎる」

「あんた、来月入籍《にゅうせき》するくせに」

そうだった。

私は、来月、カズと籍を入れる。

仕事が終わった後、早速、CDショップで、「ロバート・グラスパー」のアルバムを購入《こうにゅう》。

聴くのを楽しみにしながら、カズの待つ、アパートへと帰る。

「ただいまー」


家に帰ると、先に帰っていたカズが夕食の準備をしていた。

「おかえり！　今日は、パスタだよ！」

キッチンから顔を覗《のぞ》かせるカズ。

「パスタかぁー。何パスタ？」

「サバ！」

「サバ!?」

フライパンには、サバと玉ねぎが炒《いた》められたものがあった。

恐《おそ》る恐る味見をする。

おそらくサバの下処理をしていないのだろう。

玉ねぎが、サバの生臭《なまぐさ》さを吸収していて、とんでもない味になっていた。

「……まずい」

「えー!?　せっかく作ったのに！」

「気持ちは嬉《うれ》しいけど、無理。私が作るから、テレビでも見てて」

カズはしゅんとして、リビングへ行ってしまった。

彼は、いい子なのだけれど、少し抜《ぬ》けているところがある。

だから、ほっとけなくて、ついつい世話を焼いてしまう。

まるで、お母さんのように。

「はい、出来ましたよー」

有り合わせのもので作った野菜スープと、キノコとシーチキンのパスタ。

「うまそー」

カズは、気持ちいいくらい、ぺろりと平らげてしまった。

そして、お腹《なか》いっぱいになって、眠《ねむ》くなったのか、そのままソファで眠ってしまう。

仕方ないなと、毛布をかけてやった。

そんな彼の寝顔《ねがお》を見ながら、ヘッドホンで、「ロバート・グラスパー」のアルバムを聴く。

哀愁《あいしゅう》があって、どこか甘美《かんび》で。

こんな音楽を聴いている中島さんは、やっぱり、大人だ。

子供のようなカズの寝顔。

かわいいな、と思うこの気持ちは、母性というものじゃないいんだろうか。


「こんにちは」

午後三時過ぎ、中島さんが店内に現れた。

「こんにちは。いらっしゃいませ」

彼は優しい笑顔で会釈をして、いつもの窓側の席へ座《すわ》る。

今日も、本を二冊。

「お待たせいたしました」

席へコーヒーを置く。

「ありがとうございます」

また、丁寧に挨拶をしてくれる。

「あの、早速、聴いてみました。ロバート・グラスパー」

「そうですか。お気に召《め》しましたか?」

「はい。大人になったような気持ちです」

すると中島さんは、

「大人ですか」

と、面白《おもしろ》そうに笑ってくれる。

なんだか、バカ丸出しの感想を言ってしまったなと後悔《こうかい》。

もっと、大人な会話をしないと。

「そういえば、最近、太宰治《だざいおさむ》の『女生徒』という作品を読んだんです」

中島さんの好きな作家は、太宰治。とミユキに聞いていたから、密《ひそ》かに読んでいたのだ。

「中期の名作ですね。好きな作品のひとつです」

「思春期特有の女の子の気持ちが、よくわかるなぁって、感心しました」

「あれは、元々女学生の日記を元にして、書かれたものなんですよ」

「ああ、そうなんですか。どおりで」

「それを元にして書いたとはいえ、主人公の心の動きは、太宰そのものですから、彼は、女性的な精神を持ち合わせていたのかもしれませんね」

中島さんと、ジャズと太宰について語り合っている。

コーヒーの香ばしい香りと、彼のゆっくりとした、穏やかで優しい声。

こんなに、心地いい空間があるなんて。

ずっと、話していたかったが、中島さんの貴重な時間を邪魔《じゃま》するわけにもいかないので、

「他にも、おすすめの音楽や小説があったら、教えてくださいね」

話を切り上げて、席を離《はな》れた。

カズとは、こんな会話、出来そうもない。

ないものねだりだって、わかっているけど、このまま結婚《けっこん》して、カズの母親役をやって。

それで、本当にいいのだろうか。


それから、数日。

中島さんが、ぱったりとお店に来なくなった。

何かあったのだろうか。

事故とか、病気とか。

気が気じゃなくて、サイフォンのアルコールランプを倒《たお》してしまい、小さな火事を起こしてしまった。

近くにミユキがいて、すぐに火を消してくれたから、大事には至らなかったのだ

けれど。

「もう、恋《こい》だよね」

ミユキは、火傷《やけど》した私の指先を氷で冷やしながら、あきれて笑った。

「恋……」

「それ以外、なんだって言うの?」

確かにそうかもしれない。

中島さんと話をしたくて、音楽を聴いたり、本を読んだり、会えないだけで仕事が手につかないとか。

「……でも、私、カズがいるし」

「知ってるよ。でも、落ちちゃったんだよ。恋」

そんな話をしていた矢先だった。

店のドアが開いて、

「こんにちは」

あの中島さんの優しい声がした。

あまりにも唐突《とうとつ》すぎて、一瞬《いっしゅん》にして、顔が熱くなってしまう。

「い、いらっしゃい、ませ」

まるで、ロボットのような挨拶。

「いらっしゃいませ。お久しぶりですね」

私は使い物にならないと察したミユキが、代わりに挨拶をする。

「ええ。実は引っ越《こ》しの準備をしてたんです」

「引っ越し?」

「明日、遠くの街へ引っ越すことになりました。ここに来るのも、これが最後になります」

熱かった私の顔から、一気に血の気が引いていった。

「ここのコーヒーもこれが最後になりますね」

中島さんは、そう言いながら、いつもの席へ着く。

だけど、今日は二冊の本は取り出さない。

感慨《かんがい》深い面持《おもも》ちで、外をぼんやり眺めていた。

窓から射し込む穏やかな光に、中島さんが連れ去られてしまう気がした。

「最後のコーヒー。お願いね」

ミユキは、私の肩《かた》をぽんと叩《たた》く。

無言で頷《うなず》いて、アルコールランプに火をつけた。

フラスコのお湯が沸騰する。

ロートに挽きたてのコーヒー豆を入れてセット。

上昇したお湯をかき混ぜ、火を止める。

出来上がったコーヒーをカップに注ぐ。

これが、中島さんに淹《い》れる、最後のコーヒー。

カップを持つ手が、微《かす》かに震《ふる》えている。

「持っていける?」

ミユキが心配そうに私の顔を覗き込む。

「……うん」

私は、それを中島さんの席へ。

笑顔で、このコーヒーをお出ししよう。

今まで、ありがとうございましたって。

その気持ちを込めて。

「お待たせいたしました」

そのコーヒーを席に置いた瞬間《しゅんかん》、私の目から、涙《なみだ》が零《こぼ》れ落ちた。

中島さんは、驚《おどろ》いて私の顔をじっと見ている。

私自身驚いていた。

笑顔でいるつもりだったのに。

泣くつもりなんて、全くなかったのに。

どうしたらいいのかわからなくなり、ミユキに助けを求めようと、後ろを振《ふ》り返ると、

「どうかしたのですか」

中島さんが席から立ち上がって、私の肩に手を置いた。

心配そうに顔を覗き込んでいる。

あまりにも近い距離《きょり》で、戸惑《とまど》ってしまい、思わず体を離した。

「ご、ごめんなさい。なんか、すいません」

「何か、あったのですか?」

「いえ、あの、本当に、大丈夫《だいじょうぶ》ですから」

私は、逃《に》げるように中島さんの席から離れた。

「何やってんの」

ミユキはあきれてため息をつく。

「ごめん……」

あの後、中島さんは、少し戸惑った表情をしていたが、やがていつものように、カバンから二冊の本を取り出し、読書を始めた。

最後に読む本は、どんな本なんだろう。

だけど、さっきの失態もあるので、もう、話しかける勇気はなかった。


「それじゃあ、ごちそうさまでした」

中島さんが席を立った。

「ありがとうございました。新しい街でも、お元気にお過ごしくださいね」

ミユキが笑顔で挨拶をする。

「こちらこそ、ありがとうございました。毎日おいしいコーヒーが飲めて、幸せでした。ここで過ごす時間は、特別な時間でした。皆《みな》さんもお元気でお過ごしくださいね」

中島さんの優しい声。

これで、もう、最後なのだ。

「それじゃあ……」

軽く会釈をして、店を出ていく中島さん。

待ってください。

引き止めたいが、声が出ない。


「……雨ですね」

中島さんが、再び店内に戻《もど》ってきた。

ミユキが外を確認する。

「けっこう降ってますね……。傘《かさ》お持ちですか？　よろしかったら、お貸しいたしますが」

「しかし、返しに来ることが出来ないので……」

「だったら、うちのスタッフが駅までお送りしますよ」

ミユキが、私の肩に手を置く。

「え？・」

「今日は、これであがっていいから」

私に傘を手渡《てわた》すミユキ。

「……ちょっと……」

「中島さん、すいません。ひとつしかないもので、相合傘になってしまいますが、よろしいですか?」

「……私は、構わないですが……」

ミユキのやつ……。

「私も、全然かまいませんから。行きましょう!」

ちゃんと、今までのお礼と、お別れを言う。

そうじゃないと、一生、後悔しそうな気がした。


背筋を伸《の》ばし、店を出る。

傘を開くと、

「私がお持ちいたします」

中島さんが、その傘を手に取った。

「……すいません。失礼いたします」

その傘に入れてもらう。

こんなに、中島さんに接近したのは、初めてだった。

雨が傘の上で弾《はじ》かれて、優しい声がする。

ピアノの鍵盤《けんばん》を叩いているように。

こんなところにも、ジャズがあった。

しっとりと濡《ぬ》れたアスファルトの上。

中島さんと、雨の足音を響《ひび》かせる。

「実は、私、来月結婚するんです」

雨音にすっかり心が落ち着いてしまった私は、つい、打ち明けてしまった。

「そうですか。おめでとうございます」

中島さんは、にっこりと微笑む。

目尻《めじり》にできる皺、それさえも愛《いと》おしい。

やっぱり、恋しているんだと思う。

「年下の彼なんですけど、本当に子供っぽくて。服は脱ぎ散らかすし、掃除《そうじ》と洗濯《せんたく》はできないし、料理も下手だし、マンガしか読まないし、中島さんとは大違《おおちが》いで」

「そんなことないですよ」

「いいえ。本当に、雲泥《うんでい》の差です。私、あいつのお母さんみたいですもん。だから、このまま結婚してもいいのかって、思うんです」

「なるほど」

中島さんは、おかしそうに笑い、どこか遠くを見る。

何かを思い出しているかのようだった。

「……すいません、こんな話……」

「いいえ。あなたのお話を聞いて、妻を思い出しました」

妻？　中島さんって、結婚していたのか？

「てっきり、独身かと……」

「数年前に、亡《な》くなりました」

彼は、悲しそうに目を伏《ふ》せた。


「……すいません……」

「謝らないでください。懐《なつ》かしくなったんです。妻も私より年上だったものですから」

「……そうだったんですか……」

「私もいつも彼女に甘《あま》えてばかりでして、とても子供だったんです」

中島さんが、子供?

「そんなこと、ないんじゃないですか?」

「いいえ。私があまりにも子供だったせいで、妻は自分には、弱みを見せてくれなかったんですよ。だから、妻が重い病気にかかっていることさえ、気づきませんでした」

見上げる中島さんの横顔には、後悔の色が見える。

「彼女は、私に心配をかけさせまいと、内緒《ないしょ》で治療《ちりょう》をしていたんです。私が気づいた時には、もう、末期の状態でした。どうして、もっと、早く言ってくれなかったのか。そうしたら、自分にもできることがあったかもしれないのにって。そんなに、頼《たよ》りなかったのだろうかって」

そんなことない。

「奥《おく》さんは、きっと、中島さんの悲しむ顔を見たくなかったんですよ」

とっさにそう答えていた。

私も、きっと、そうしていただろう。

カズの悲しむ顔を見るのは、とてもつらい。

「……あなたも、妻と、同じタイプなのかもしれませんね」

中島さんは、優しく笑いかけてくれる。

「……そうでしょうか」

「ええ。そう思います。だとしたら、あなたには、ちゃんと彼に甘えてほしいんです。不満があるなら、伝えてほしいんです。私のように、後で、後悔をさせないでほしいんです」

確かに、そうかもしれない。

「わかりました。私、ちゃんと、彼と向き合ってみます」

中島さんは、嬉しそうに微笑む。

「そうですか」

「だけど、中島さんにも、伝えたいことがあります」

「はい?」

「私、中島さんのことが好きです」


カズと向き合うと言っておきながら、中島さんに告白。

なんて、矛盾《むじゅん》しているんだろう。

でも、言わないと後悔すると思った。

「ありがとうございます。私もですよ」

「そういうんじゃなくて、私、中島さんに恋してたんです」

はぐらかされようとするのを阻止《そし》する。

「……恋ですか？」

中島さんは、おかしそうに笑う。

これで最後なんだから、言い逃げしよう。

「いつも中島さんが、お店に来るのを心待ちにしていました。太宰を読んだのも、ジャズを聴いたのも、中島さんとお話をしたいからです」

私の真剣《しんけん》な思いを、中島さんは、穏やかな表情で聞いていた。

ふと、彼は、街路樹の桜の木を見上げる。

枝には、ふっくらとした蕾《つぼみ》。

「桜雨、ですね」

「え？」

「桜の咲く頃に降る雨です。この街で最後の桜を見ることができないのは、残念です」

中島さんは、そう言うと、私の肩に手を置いて、額に唇《くちびる》をつけた。

「え!?」

驚いて見返すと、中島さんはいたずらっ子のように、無邪気《むじゃき》に笑っている。

「驚きました?」

「は、はい……」

子供っぽい中島さんは、また、大人の笑顔に戻り、どこか切なそうな目をした。

「あなたに降る雨も、祝福の雨でありますように」


隆志《たかし》へ。


今日は少し体調がいいので、手紙を書くことにしました。

こんなに体調がいいのは、もしかしたら、これが最後かもしれません。

なので、これから書くことは、遺言《ゆいごん》です。

まず、私が死んだら。
葬式用《そうしきよう》の写真は、もう撮《と》ってあります。
リビングのＤＶＤがいっぱい入ってる棚《たな》があるでしょう？
あの一番奥に封筒《ふうとう》に入れてあります。
まだ、きれいなうちに撮っておいたんだよ。
隆志もきっと惚《ほ》れ直すくらいのいい笑顔の写真だからね。

手続き関係はどうすればいいのか。
写真と一緒《いっしょ》に、メモを入れてあります。
その通りにしてください。

隆志、絶対泣くよね。
泣き虫だから。

思いっきり泣くのは、一日だけにしてね。

あとは、しっかり背筋を伸ばして、もろもろの手続きをしてください。

私達は、親戚《しんせき》づきあいをしていなかったから、協力してくれる人、いないかもしれません。

だから、気をしっかり持つこと。

お願いします。


私がいなくなった後の事を話します。


隆志には、ぜひ、再婚をしてほしいです。

素敵な人と出会って、結婚をして、家庭を築いてください。


あなたみたいな素敵な人が、一生ひとりなんて、もったいないから。


どうやったら、結婚できるのか。

アドバイスをしますね。

まず、素敵な靴を買ってください。
多少高くてもいいから。
そして、毎日磨いてください。
スーツとワイシャツも皺のないものを身に着けて。
ネクタイも品のある、オシャレなものを選んでください。

いきつけの飲食店を見つけてください。
そこの常連さんになること。
店員さんには、いつも笑顔で、丁寧に挨拶をしてください。

お気に入りのお店で、時間を持つようにしてください。
忙《いそが》しくても、その空間で、自分と向き合う事。

本を読んでください。
いつも読んでいるようなビジネス書じゃなくて、小説とか、詩集とか。
おすすめは、太宰治かな。

太宰のような色気を身に着けてほしいから。


ジャズを聴いてください。

まずは、ビル・エバンスから。

ジャズを聴いて、もう少し、落ち着きのある大人になってほしいです。

この通りにしたら、あなたの事を素敵だと思う人が、絶対に現れます。


最後に。

私と夫婦になってくれて、ありがとうございました。


いつも服を脱ぎっぱなしで、ソファや床《ゆか》に置いたままで。

何度注意しても直らなかったね。

文句を言いながら、あなたの脱いだ服を片付けるのも、もう出来ないのが、とてもさみしいです。

どこか抜けていて、ほっとけなくて。
年上の私は、いつもあなたの世話ばかり焼いていました。

あなたの母親のような自分に、疑問を持つこともありました。

自分がしっかりしなくちゃいけない。
そう思い込んでいました。

でも、あなたは、言いました。
どうして、頼ってくれないのかと。
弱みを見せても、いいんだよと。

今、ようやくあなたに、弱みを見せられるようになりました。
甘えられるようになりました。

あなたと夫婦になって、本当によかったと、心から思っています。

いつも心穏やかで、隣《となり》で笑っていてくれた隆志。

あなたの妻でいられたことを、誇《ほこ》りに思っています。


病気の事、ずっと隠《かく》していて、ごめんなさい。

隆志の悲しむ顔を見たくなかったのです。

あなたには、ずっと笑っていてほしかったのです。

だから、絶対にあなたより長生きするんだって、そう思っていたのに、できなくて、ごめんなさい。


隆志の優しい笑顔は、とても魅力的《みりょくてき》です。

だから、私がいなくなっても、その笑顔を忘れずにいてくださいね。

どうか、あなたに、たくさんの祝福が与《あた》えられますように。

「こんな俺でよろしければ、」

kanami

prologue

ベランダのガラス戸を開けると、澄《す》んだ空気と共に冬の訪《おとず》れを告げる香りが漂《ただよ》ってくる。

あぁ、またこの季節がやってきた。

俺《おれ》はダウンベストのファスナーを首まで上げて、ほんのりと白くなる息を両手のひらに吐《は》き出した。

「こんな俺でよろしければ、」

「……これ、で……よしッ。リカバリー完了《かんりょう》!!」

「「うおおお!!」」

深夜零時《れいじ》を回ったオフィスで、男達の歓喜《かんき》の声が上がる。

さながら、男子校の体育祭のような暑苦しさだ。

それもそのはず、俺らは既《すで》に全員徹夜組《てつやぐみ》。一周回ってハイにもなっちまう。

ＳＥの仕事に残業はつきものだ。とはいえ、別件の納期を目前に控《ひか》えて、ただでさえバタついていたなかに起こった、一昨日のシステムトラブル。ややこしい復旧作業に奮闘《ふんとう》するチームと、納期厳守のリリース作業に追われるチームで、それぞれ夜通しパソコンにかじりついていたわけだが、これでようやく、両者とも家路につける目処《めど》がついた。

しばらくぶりに身体《からだ》を伸《の》ばすと、背骨がボキボキと恐《おそ》ろしい音を立てた。椅子《いす》の背もたれに上半身を預けたら、どっと疲《つか》れが込《こ》み上げてきてしまった。

あー……やっと帰れるか……。

と思った矢先。

「うわ、これ終電行ってねぇ？」

「げ……マジですか」

「いや、中央線ギリ間に合うか？」

「電車間に合うやつ、とっとと帰れー！」

同僚《どうりょう》や上司のそんな会話が聞こえてきて。

絶望的な気持ちで時計を見上げると、案の定、俺の路線はアウト。

あと数分で終電の時間だ。いくら駅近くのビルとはいえ、今から出たら到底《とうてい》間に合わない。

バタバタと退社する人、諦《あきら》めて仮眠室《かみんしつ》に向かう人。

そんな背中を眺《なが》めながら、俺はのろのろとデスクを片付け始めた。

二日連続で、狭《せま》い仮眠室での雑魚《ざこ》寝《ね》状態は、正直キツい。

俺は身体が縦にデカいから尚更《なおさら》だ。

かといって、電車で片道一時間の俺の家までは、タクシーを使えば二万円近く飛んでいく。

給料日前にそれこそキツいよな……。

こんなことなら、多少家賃が高くても会社の近くに住んでおけばよかった。

俺の家は、大学生の頃《ころ》から住んでいるアパートだ。特に便利な場所でもないが、管理人さんが良い人で、家賃が安いってだけで十年近くずっと同じところに住み続けている。

さすがに就職が決まったときには引っ越《こ》そうかとも考えたけれど、住み慣れて楽な今の暮らしをわざわざ変えるのも億劫《おっくう》で……今に至る。

アパートだけじゃない。

俺は、『変化』というものが基本的に苦手だった。

転勤族でしょっちゅう転校していた幼少期のトラウマも、多少はあるのかもしれない。

人見知りだった俺は、新しい環境《かんきょう》になかなか馴染《なじ》めず、毎回憂鬱《ゆううつ》な思いをしていたから。

『変わる』ことを、極力避《さ》けてきた。

変わらないことでの安心感を求めて。

アパートも、仕事も、美容院も、昼飯を食べる定食屋も、スマホのキャリアだって、今のままに特別満足してるわけじゃなくても、ただ何となく、余程《よほど》の変える理由もなければ。

時々自分でも思う。

俺って本当、ツマラナイ奴《やつ》だよな……、って。

あ〜、今すぐにでもベッドにダイブしたい。

そんなことを考えながら、ずっとほったらかしにしていたスマホを手に取ると、二時間ほど前に、彼女《かのじょ》からメッセージが届いていた。

『残業お疲れさま。まだかかりそう？

こっちは研修終わってビジネスホテルだよ。』

俺より三つ年下の二十六歳《さい》、保険会社の営業事務をしている彼女とは、付き合ってもうすぐ二年半になる。

いわゆる合コンで知り合った彼女は、明るくて気立ての良い癒《いや》し系。

相性は、自分で言うのもなんだけどかなりいいと思う。

親からもあんたには勿体《もったい》ないと散々言われてるけど、本当にその通りだ。

彼女だけは、〝何となく〟なんかじゃない。

それは胸を張って言える。

……いつでも、心のなかでは。

ビジネスホテル、か。

そういえば、昨日は会社の研修で、場所が本社の方だから泊《と》まりがけだと言ってたな。

時計を見ると深夜一時前。

さすがに彼女は寝てるだろうけど、一応心配してくれてたからメッセージを残した。

こちらの状況《じょうきょう》と、最後に『起こしたらごめん、お疲れさま。おやすみ』と付け足して。

すると意外にもすぐに既読《きどく》がついて、お疲れさま、という可愛《かわい》いクマのスタンプが返ってきた。

お気に入りらしくよく使ってくるこのキャラクター、どことなく彼女に似ているんだよなぁ。

思わず顔が緩《ゆる》んでふっ、と笑いが漏《も》れてしまい、隣《となり》で山積みの資料を片付けていた先輩に「このリア充《じゅう》ヤロウ」といつもより三割増しくらい妬《ねた》みのこもった口調でヤジられた。

スタンプに続いて、またメッセージが届く。

『それなら、私の家に来てなよ！　会社よりは身体が休まるでしょ？　私午前中には帰れるから、お昼ご飯作るよ。一緒《いっしょ》に食べない？』

まさかの提案に、俺は一瞬《いっしゅん》「え」と口に出してしまった。

確かに、彼女の住む一人暮らしのアパートは、ここから二駅のところだからタクシーでもすぐだ。

合鍵《あいかぎ》も、彼女から渡《わた》されて一応は持ってる。

でも、今まで使ったことは一度もなかった。

俺と彼女は職場が近いということもあって、平日のデートといえば、たまにこの近くで外食をするくらい。

仕事柄《しごとがら》、俺の方が帰りが遅《おそ》いから、休みの前日の仕事終わりに、彼女が先にウチに来ていて、そのまま俺の家でまったりと過ごすことが定番となっていた。

俺が「ただいま」、彼女が「おかえり」のパターン。

生活し慣れた自分の部屋に彼女に来てもらう方が、気楽だったから。

だから、彼女からのありがたい誘《さそ》いにもかかわらず、俺は即答《そくとう》しかねてしまった。

しかも本人不在の家なんて、何となく居たたまれない気がして。

だけどなぜだか、彼女からの労《いたわ》りと気遣《きづか》いのメッセージが、疲れきった心身にじんわりと染《し》み渡って、今日は無性《むしょう》に、彼女が恋しい。

散々迷ったけど、日付変わって今日はお互《たが》い休みだということ、ふかふかの布団《ふとん》で寝《ね》られること、彼女の美味《おい》しい手料理が食べられること、なにより、一刻も早く彼女に会いたくなって……いろんな誘惑《ゆうわく》には勝てずに、彼女の家にお邪魔《じゃま》することにした。


タクシーで向かう数ヵ月ぶりの彼女の家。

二階建てアパートの二階の角部屋。

泊まるのは、付き合い当初以来かもしれない。

初めて使う合鍵でぎこちなくドアを開けて中に入ると、途端《とたん》にそわそわと落ち着かない気持ちになる。

彼女が居ない、彼女の部屋。

なんとも不思議な空間だ。

彼女の好意に甘《あま》えて、シャワーを拝借する。

シャンプーやボディソープが、自分の愛用するクール系と違《ちが》うのは当たり前なんだけど、なんだかやたらといい匂《にお》いで……だめだ、どうもむず痒《がゆ》い。

結局俺はカラスもびっくりの早さで風呂《ふろ》から上がる羽目になってしまった。

髪《かみ》を乾《かわ》かすのもそこそこに、ベッドに倒《たお》れこむ。

慣れ親しんだ彼女の香りがふわりと鼻腔《びこう》をくすぐり、一瞬頭がグラッとする……だけど、とにかく疲れすぎていて。

包まれてるような、心地良い感覚。

夢を見るのも忘れて、俺は泥《どろ》のように眠《ねむ》った。

「ん……今、何時……」

ふと、瞼《まぶた》の向こうに明るさを感じて目を開けた。時計を確認すると、朝の八時すぎだった。

彼女の部屋のカーテンは遮光性《しゃこうせい》が低く、陽の光が程《ほど》よく差し込んでくるため、自然と目が覚めた。

睡眠《すいみん》時間自体はそこまで長くないはずなのに、なぜか頭も身体もスッキリとしている。それだけ、熟睡《じゅくすい》できたってことかもしれない。

一服したくて、ガラス戸を開けてベランダに出た。

ひんやりとした風が起き抜《ぬ》けの頬《ほお》をかすめ、思わず身震《みぶる》いする。

俺は昨日着てきたモッズコートを肩《かた》から羽織った。

空《す》きっ腹に煙草《たばこ》は良くないと思いつつも手癖《てくせ》でライターに火を灯《とも》す。

そういえば、昨日は夕飯を食べ損《そこ》ねてしまった。

めちゃくちゃ腹は減ってるんだけど、彼女が昼飯を作ってくれると言っていたから、変に何か腹にためたくない気もする。

腹ペコで母さんの帰りを待つ、鍵っ子のような気分だ。

こんなこと言ったら、彼女に「私はあなたのお母さんじゃない」って怒《おこ》られそうだけど。

「ふぁ……」

伸びをしながら、あくびを一つ。

手すりにもたれ掛《か》かると、ひだまりはぽかぽかと暖かくて気持ちいい。

部屋の中に一人で居てもやることもないから、彼女が帰ってくるまでここで待っていることにした。

淡《あわ》い青で塗《ぬ》り拡《ひろ》げたような晴天の空を見上げ、流れる雲をぼーっと眺めてみる。

こんなにゆっくりとした時間を過ごすのは、いったいいつ振《ぶ》りだろうか。

吐き出した煙《けむり》が疲れ目に染みる。

昨日の怒濤《どとう》の忙《いそが》しさが、まるで嘘《うそ》のようだ。

首が疲れてきて、今度は何気なく手すりの先を見下ろす。

アパートの前の道には行き交う車や人の姿があった。

休日はもっぱら昼近くまでベッドの上で過ごしている俺にとっては、この光景すらも新鮮《しんせん》に感じる。

ランニング中の男性や、犬の散歩をする中年女性、ユニフォーム姿で自転車を漕《こ》ぐ中学生。

そのなかで、ふと目に留まる。

赤ちゃんを乗せたベビーカーを押《お》しながら歩く若い女の人。

時折その丸くて絹のような頬を撫《な》でながら、愛《いと》おしげな表情を浮《う》かべる。

きっとウチの彼女より若いだろうに、母になるとあんなに母性溢《あふ》れる顔をするようになるものなのだろうか。

向かいのアパートのドアが開いて、大学生くらいの息子を「いってらっしゃーい！　気を付けてね！」と送り出す恰幅《かっぷく》の良いお母さん。

「声でけぇよ」と息子に怒られても、嬉《うれ》しそうに笑ってる。

確かに、こっちまで響《ひび》いてくるほどの威勢《いせい》の良い声で、俺もつられてプッと笑ってしまった。

歩道には、一組の老夫婦。

仲睦《なかむつ》まじい様子で手を繋《つな》いで、ゆっくりゆっくり、二人の歩幅《ほはば》を合わせるように歩いている。

歳《とし》をとってもあんな風に自然に触《ふ》れ合えるって、なんかいいな……と柄《がら》にもなく思った。

俺が人間観察に没頭《ぼっとう》していると、ベランダの脇《わき》から一匹《いっぴき》の猫《ねこ》がやってきた。

あれ、コイツ……。

彼女がよくベランダに現れると言っていた猫だ。

一度彼女が不審者《ふしんしゃ》か泥棒《どろぼう》と間違《まちが》えて騒《さわ》いだことがあるから、よく覚えている。

背中に灰色の斑《ぶち》がある、雄《おす》の野良猫《のらねこ》。

前に彼女と見かけたときはまだ子猫だったけど、見ないうちにだいぶぽっちゃりとした。

すると、その後ろからひょこっと黒猫が顔を出した。

二匹は人間慣れしているようで、俺が居るベランダの端《はし》で、日向《ひなた》ぼっこしながらすりすりと顔を寄せ合っている。

へぇ、お前彼女できたんだ。やるなぁ。


「……あぁ……そうか」

気づくと俺は、無意識にそう呟《つぶや》いていた。

世の中には、こんなにも多種多様な暮らしがあって、それぞれにとっての日常がある。

そのなかで、ずっと変わらないものもあれば、日々、変わっていくものもあって。

今この瞬間《しゅんかん》も、これから先の未来も……。

それは、俺だって、もちろん彼女だって、決して例外じゃないんだよな。

『変わらないこと』に固執《こしつ》してきた俺は、単純で当たり前のことに気づいていなかった。


ふと。

下から名前を呼ばれて視線を向ける。

スーツにコート姿の彼女が、こちらに手を振っていた。

俺の、この哲学《てつがく》めいた思考も吹《ふ》き飛ぶような、眩《まぶ》しい笑顔《えがお》で。

その姿を見た瞬間……あぁ、俺はこの愛しい笑顔を、俺の『日常』にしたい。彼女との「ただいま」と「おかえり」を、特別じゃないありふれた日常の中のワンシーンとして……。

そう思ったら、なんだかとても腑《ふ》に落ちて、はは、と一人で小さく笑ってしまった。

カンカンカン、とヒールが外階段を上る音が聞こえて我に返る。

慌《あわ》てて煙草を灰皿に揉《も》み消して、俺は弾《はじ》かれたように玄関《げんかん》へと走った。

ガチャ

「ただいま！」

「……っ、おかえり」

息を切らした俺を見て不思議そうに首を傾《かし》げながらも、彼女は続けた。

「昨日はお疲れさま。少しは眠れた？」

「……」

何も答えない俺に、眉間《みけん》にシワを寄せて、どうした？ と彼女。

「……結婚《けっこん》しよ」

ポカンと口を開けて、今度は彼女が絶句する。

唐突《とうとつ》に口から溢れ出た言葉《プロポーズ》。

自分で自分の言葉にハッと息を呑《の》む。

小さく咳払《せきばら》いして、今度はちゃんと改まって。

「その、……こんな俺でよろしければ、」

〝結婚してください〟


その一言を待たずに、彼女が俺の肩に両手を回して飛びついた。

よろけながらもしっかりと受け止めて、ギュッと抱《だ》き締《し》める。

涙声《なみだごえ》で答えてくれたyesの返事を、この華奢《きやしや》な背中を、生涯《しようがい》護《まも》るための『変わる』選択《せんたく》。

こんな幸せそうな彼女が見られるなら、悪くない。そう思った。

epilogue

もう一度、大きく深呼吸する。

あの日と同じような、ひだまりの暖かな初冬の朝。

違うのは、ここが郊外《こうがい》に建てた小さな一軒家《いっけんや》のベランダ、ということだ。

日当たり最高のこの場所には、俺専用のリクライニングチェアと小さなテーブル。

あの日から、晴れた休日の朝はベランダで過ごすのが習慣になった。

子供が産まれたときに禁煙《きんえん》して、もう二十数年経《た》つ。

最初こそ手持ち無沙汰《ぶさた》だったけど、案外慣れるもんだな。

ヘビースモーカーだった頃が懐《なつ》かしい。

結婚して三年目に授《さず》かった双子《ふたご》の娘達《むすめたち》は、それぞれ独り立ちをした。そして今年からまた、彼女と二人暮らしに戻《もど》ったのだ。


「お、いい天気ね」

ガラス戸が開いて、洗濯物《せんたくもの》のかごを抱《かか》えた彼女がベランダに出てきた。

昔より少し丸くなって、白髪《しらが》も増えてきたけれど、

「ねぇ、ダウンベストだけで寒くないの?」

この笑顔は、あの頃のまま。

「なぁ、洗濯物が終わったら、散歩にいかないか? 手でも繋いでさ」

「えー!? なに急に、どういう風の吹き回し?」

「まぁまぁ、いいじゃないたまには」

「じゃあ、駅前に新しくできたパン屋まで歩いて行こうか！　お向かいの奥《おく》さんが美味《おい》しいって言ってたから気になってたの」

「いいね、お供しますよ」


ちゃっちゃと洗濯物干しを終わらせて、出掛《でか》ける準備を始める彼女を眺めていたら、思わず笑みが溢《こぼ》れた。

満たされた日常。

あの日の選択は、未来の今にちゃんと繋がってるよ。

変わったものも、変わらないものも、全部引き連れて。

過去の自分が聞いたら、なんて言うだろう。


さぁ、そろそろ出掛けようか。

ベランダから部屋へ入ると、彼女に声を掛ける。

どこへだって、いつまでだってお供するさ。

……こんな俺でよろしければ。

エピローグ

カウントダウンが始まっている。

この段階になればすでに、最高会議の出席者にできる仕事はない。

惑星《わくせい》共同体・危険生物種処分局最高会議議長ニェ§は、モニターに視覚表示されたものが爆散《ばくさん》・消滅《しょうめつ》する瞬間《しゅんかん》を、ただ待っていた。

本当にこれでよかったのか。

不安になる部分はある。だが、議論は尽《つ》くした。

ニェ§が提出した10編の記録資料をもとに、臨時会議で出された結論は「凍結《とうけつ》保留」だった。もとより、凍結の実行には最大限の慎重《しんちょう》さが求められる。一度凍結が決定されても誰《だれ》でもいつでも臨時会議の招集により再検討ができたし、処分に何か一つでも疑義があれば即《そく》、凍結は保留されるのが、惑星単位で生物種の生殺与奪《せいさつよだつ》を握《にぎ》るこの機関のルールだった。

あくまで「保留」ではある。だがこれで、地球人はまだしばらくの間、活動を継《けい》続《ぞく》する。それがどんな結果を招くのかは、どれだけシミュレーションを重ねても確実には分からないことだった。

――3、2、1、ゼロ。起爆《きばく》しました。

モニターに映されていた多元並行消滅弾《しょうめつだん》が内部起爆装置により爆発し、消滅した。細かな破片は出るし、一部は並行宇宙に存在する別の地球にも降りそそぐが、すべて大気圏内《たいきけんない》で燃え尽き、地表には到達《とうたつ》しない計算だった。地球人はただの流れ星だと思うだろう。

ニェ§は脳内だけで地球人に語りかける。

君たちは命拾いしたのだ。気付いてはいないうちに。保留の期間がどれだけになるかは分からない。だがその間に、できる限りの精神活動をするといい。もちろん、「恋愛《れんあい》」もだ。

*

その日、いくつかの並行宇宙に存在するいくつかの地球で、人々は流れ星を見た。

引っ越《こ》したばかりの町で夜桜を見ていた中島隆志《なかじまたかし》は夜空を見上げ、ちらちらと現れては消えるいくつかの流れ星に驚《おどろ》いた。

それとは別の並行宇宙。学校の化学部部室で、おでこに三角フラスコをくっつけている田宮あすかは、青空に白く輝《かがや》く光の筋を見た。白衣を着た隣《となり》の人物がそれを「昼間の火球だ」と説明した。

それとは別の並行宇宙。昼休みの教室で窓の外に流星群を見た都子《みやこ》と夏奈《かな》は、突《とつ》然《ぜん》の光景に興奮してはしゃいでいた。だがその後ろで榊原《さかきばら》はまだ寝《ね》ている。

それとは別の並行宇宙。冬の夜、店内にイートインスペースがあるのに、あえて外でカップラーメンをすすっている男は、夜空に輝く流星群に気付いた。その前を、手をつないで歩く初老の夫婦が横切る。ダウンベストを着た夫が夜空を指さして感《かん》嘆《たん》の声をあげると、妻もまた少女のように目を輝かせて夜空を見上げた。

それとは別の並行宇宙。夜、暗い自室で交換《こうかん》ノートを書いていた立川奏《たちかわかなで》は、窓の外に見える光に気付いてカーテンを開けた。

それとは別の並行宇宙。夕日の差し込《こ》む調理室で何かを作っていた香取《かとり》と朝比奈《あさひな》も、赤く染まる夕空に走るいくつもの光に気付き、一緒《いっしょ》にしばらく見とれていた。

それとは別の並行宇宙。東京の、ある大学の正門前。門から出てきた榊真衣《さかきまい》は、昼下がりの空に輝く流星群を見つけ、隣を歩く広瀬《ひろせ》に教えた。道を挟《はさ》んで対岸にいた青年は空を指さす二人を見て、手にしていたドラムスティックを動かすのをやめ、何かあったのだろうかと見上げる。雲が動き、三人を春の日差しが照らした。

それとは別の並行宇宙。春先とはいえまだ夜は冷える中、白い息を吐《は》きながら家の前に出ていた一人の老婦人は、夜空を切り裂《さ》いていくつもいくつも落ちる流れ星を見た。彼女はそれを見て、これがしるしなのかしら、と微笑《ほほえ》んだ。

地球人はまだしばらく、地上で恋《こい》をし続けるようだ。

解説

似鳥《にたどり》　鶏《けい》

学生の頃《ころ》、Y君という友人がいました。普《ふ》通《つう》に真面目《まじめ》で優秀《ゆうしゅう》な山男《やまおとこ》だったのですが、彼には驚《おどろ》くべき特質がありました。「ラーメンが嫌《きら》い」だったのです。

初めてY君からこの特質を聞いた時、私は衝撃《しょうげき》を受けました。「ラーメン」が、「嫌い」……？　そんな人間っているの？

人間の好き嫌いは多様です。この世で一番好きな食べ物は「自分のかさぶた」だという人もいれば、生魚が苦手なのでお寿司《すし》を食べたくないという人もいます。例のあの、やたらと香りと主張の強い草が大好きなあまり自宅で栽培《さいばい》しているという人もいれば、サーティワンに行っても「大納言《だいなごん》あずき」しか食べないため、トリプルポップはおろかバラエティボックスを頼《たの》んだのに「スモール6個入りで。フレーバーはええと、まず大納言あずきと、それから大納言あずきと、あと大納言あずきと、大納言あずきと……ええとあと2つですよね。うーん……どうしようかな……あっ！　大納言あずきで！　と来たらやっぱりラストは大納言あずき！」みたいな人もいます。「バラエティ」ボックスつってるだろ！　私はポッピングシャワー派ですが、それはさておき。

ラーメンが、嫌い。

そういう人にはこれまで出会ったことがありませんでした。たとえば豚骨《とんこつ》なんかはけっこう「大好き」と「苦手」に分かれるフレーバーですし、白髪《しらが》ねぎが苦手だから載《の》せないでほしいとか味玉が好きすぎて味玉だけ食べていたいとか、そういう人はよくいます。ですが「ラーメン」という総体で「嫌い」という人は珍《めずら》しい。私は嬉《うれ》しくなりました。何かすごくレアな話を聞いた気がしたのです。世の中には「みんな大好き」という食べ物があって、お寿司・ラーメン・カレー・焼きそばが四天王と言えるでしょう。ですが、それですら嫌いという人はいるのです。人間のもつ可能性の無限を感じました。ちなみにすでにお寿司とカレーが嫌いな人は知っているので、あとは「焼きそばが嫌い」という人を見つければ四天王コンプリートです。まあ私自身も子供の頃は果物全般《くだものぜんぱん》が嫌いで、スイカやメロンすら隣《となり》の子にあげてしまい「なんだコイツ大丈夫《だいじょうぶ》か」という目で見られていたので、そこそこのレア度ではあります。ひとの好みは様々なのです。

そう考えて納得《なっとく》することにしました。何の話かというと、本書を出すためエブリスタさんの投稿作《とうこうさく》から掲載《けいさい》作品を選ぶにあたり、めちゃくちゃ悩《なや》んだ、という話です。

もともと、文芸というのは短くなれば短くなるほど技術面での差が出なくなるものです。たとえばたった十七文字で勝負する俳句の場合、「そこらの俳句好きおばちゃんによる生涯《しょうがい》最高の一首」が「松尾芭蕉《まつおばしょう》の駄作《ださく》」になら勝てる、というジャイアントキリングが起こり得ます。小説にしても、長編になるほど技術の巧拙《こうせつ》が分かりやすいので一応の「採点」はできるようになるのですが、これが短編に、ショートショートになると難しく、どの作品も甲乙《こうおつ》つけがたくなるので、もう個人の好みで選ぶしかなくなっていくのです。

そんなわけで、さんざん迷いはしたものの最後は開き直り、なんとか、ここまで掲載された10編に絞《しぼ》ることができました。以下、選んだ理由などを。ネタバレ要素もありますので、本編読了後《どくりょうご》にお読みいただいた方がよろしいかと存じます。

（※著者名は敬称《けいしょう》略。）

『ヒミツの交換ノート』イノウエ佐久＊

伊月《いつき》君のノートがいちいち面白《おもしろ》く、クラスの人気者である、という設定に説得力がありました。これは確かに笑ってしまう……主人公に共感できます。面白い関係性からスタートする、という恋愛《れんあい》ものの鉄則もきっちり押《お》さえてありました。

『田上くんは屋上少女を救いたい』もーたん

面白いシチュエーションから始まる作品でした。恋愛小説は主人公と相手の「どういう関係性なのか」の部分でいかに読者を摑《つか》めるかが肝《きも》ですが、そこで面白くしてやろう、という気概《きがい》に拍手《はくしゅ》です。

『夢のような日々』多田莉都

季節の描写《びょうしゃ》が豊かで、真っ当に王道な恋愛ものを書いても、かっこよく仕上がっていました。人物描写もよく、こういう形の受験×恋愛というシチュエーションも面白いです。

『始まりの場所、帰る場所』麻柚

「すげえ不味《まず》いもん食ったみたいな顔で」等、主人公の語り口のアホっぽさが上手で、書き手が客観的に文体をコントロールし、主人公を創出しているのが分かります。掲載候補作の中で「失恋《しつれん》の話」（今後どうなるかはさておき）を書いたのはこれだけでして、ちょっとひねってみよう、という気配りも推《お》せます。

『この恋は焦げ付き』雫倉紗凡
会話が活《い》き活きとしており、いろいろ妄想《もうそう》する主人公が面白かったです。朝比奈《あさひな》さんのキャラもよく、お料理を教わる、という展開にもオリジナリティがありました。

『密着、はじめました』ゆづ
部長の言動がいちいち面白く、高笑いする姿が好きです。題材となる「接着剤《せっちゃくざい》」についてちゃんと調べてあり、解像度が高いところにもプロ意識を感じました。

『積恋スタンプラリー』池田春哉
出してくるシチュエーションが面白く、オリジナリティがありました。登場人物たちのやりとりが明るくて楽しく、理系のキャラもよく立っています。

『ワンス・アポン・ア・タイム』松本みさを

短すぎるため一度は選外になったのですが、寓話《ぐうわ》という形式で非常に綺麗《きれい》にできている作品のため惜《お》しくなりまして、ご依頼《いらい》させていただきました。恐《おそ》ろしいはずなのにどこか抜《ぬ》けている怪物《かいぶつ》も面白いです。

『喫茶店の紳士』あめ
喫茶店《きっさてん》の店内を定点観測するような描《えが》き方がうまく、結婚《けっこん》を考えている主人公の悩みもリアル。不要なものを上手に削《そ》ぎ落しているため、各シーンを丁寧《ていねい》に描写しても枚数オーバーにならない……という点にも技術力の高さが窺《うかが》えます。

『「こんな俺でよろしければ、」』kanami
職場の雰囲気《ふんいき》描写や、主人公の感覚にリアリティがありました。シチュエーション自体は地味ながら面白く、大人の雰囲気のある作品です。終わり方も綺麗でした。

これら作品を選んだ後、一冊の本にまとめる、という要請《ようせい》から、全編をまとめるプロローグとエピローグをつけさせていただきました。話の都合上、著者の皆様《みなさま》の創作したキャラクターの「その後」を少し書かねばならず、ようは二次創作をさせていただいたわけですが、全員からご快諾《かいだく》をいただきました。ありがたい限りです。著者の皆様に、そして今回掲載はしなかったものの候補作を書いてくださった皆様に、厚くお礼申し上げます。

あつく、と入力したら本日が猛暑日《もうしょび》であることを思い出しました。近所のサーティワンに行ってポッピングシャワーでも食べようかと思います。いや、大納言あずきを試《ため》してみるべきか……。

令和六年八月　猛暑日

【編著者紹介】

似鳥鶏《にたどりけい》

1981年千葉県生まれ。2006年『理由《わけ》あって冬に出る』で鮎川哲也賞に佳作入選し、デビュー。同作から始まる「市立高校」シリーズ（創元推理文庫）、「楓ヶ丘動物園」シリーズ（文春文庫）、「戦力外捜査官」シリーズ（小社）、『育休刑事《デカ》』（角川文庫）、『そこにいるのに』（小社）、『夏休みの空欄探し』（ポプラ社）など著書多数。ミステリ、ホラー、青春小説まで幅広く執筆。

◎本書は、小説創作プラットフォーム「エブリスタ」が主催する短編小説賞「三行から参加できる　超・妄想コンテスト」入賞作品から、さらに選りすぐりのものを集め、大幅な編集を施したものです。
◎プロローグ、エピローグおよび解説は書き下ろしです。

本書の内容に関してお気づきの点があれば編集部までお知らせください。
info@kawade.co.jp

5分シリーズ

5分《ふん》後《ご》に恋《こい》がはじまる

2024年10月20日　初版印刷
2024年10月30日　初版発行

feat.似鳥《にたどり》鶏《けい》

[発行者]　小野寺優
[発行所]　株式会社河出書房新社
〒162-8544 東京都新宿区東五軒町2-13
☎03-3404-1201（営業）　03-3404-8611（編集）
https://www.kawade.co.jp/

[デザイン]　BALCOLONY.
[印刷・製本]　中央精版印刷株式会社

ISBN978-4-309-61257-7　Printed in Japan

「5分シリーズ　刊行にあたって」

今の時代、私たちはみんな忙しい。
動画UPして、SNSに投稿して、
友達みんなに返信して、ニュースの更新チェックして。

そんな細切れの時間の中でも、
たまにはガツンと魂を揺さぶられたいんだ。

5分でも大丈夫。
短い時間でも、人生変わっちゃうぐらい心を動かす、
そんなチカラが小説にはある。

「5分シリーズ」は、
5分で心を動かす超短編小説を
テーマごとに集めたシリーズです。
あなたのココロに、5分間のきらめきを。

エブリスタ×河出書房新社